岁月欢喜一步步，成就人间朝与暮

季羡林　汪曾祺　史铁生　等著

苏州新闻出版集团
古吴轩出版社

图书在版编目（ＣＩＰ）数据

岁月欢喜一步步，成就人间朝与暮 / 季羡林等著
. -- 苏州 : 古吴轩出版社, 2024.5
ISBN 978-7-5546-2342-8

Ⅰ.①岁… Ⅱ.①季… Ⅲ.①散文集－中国－当代
Ⅳ.①I267

中国国家版本馆CIP数据核字(2024)第065808号

责任编辑：顾　熙
见习编辑：张　君
策　　划：周　彤　胡昭行
装帧设计：卓伟宁

书　　名：岁月欢喜一步步，成就人间朝与暮
著　　者：季羡林　汪曾祺　史铁生　等
出版发行：苏州新闻出版集团
　　　　　古吴轩出版社
　　　　地址：苏州市八达街118号苏州新闻大厦30F
　　　　电话：0512-65233679　　邮编：215123
出 版 人：王乐飞
印　　刷：河北朗祥印刷有限公司
开　　本：880mm×1230mm　1/32
印　　张：7.25
字　　数：119千字
版　　次：2024 年 5 月第 1 版
印　　次：2024 年 5 月第 1 次印刷
书　　号：ISBN 978-7-5546-2342-8
定　　价：49.80元

如有印装质量问题，请与印刷厂联系。022-69485800

本书部分文字作品稿酬已向中国文字著作权协会提存，敬请相关著作权
人联系领取。
电话：010-65978917　传真：010-65978926　E-mail: wenzhuxie@126.com

第一章
少时不识月

第二章
诗酒趁年华

第三章
共谁争岁月

第四章
莫道桑榆晚

第一章

少时不识月

梦痕

丰子恺 / 文

　　我的左额上有一条同眉毛一般长短的疤。这是我儿时游戏中在门槛上跌破了头颅而结成的。相面先生说这是破相，这是缺陷。但我自己美其名曰"梦痕"。因为这是我的梦一般的儿童时代所遗留下来的唯一的痕迹。由这痕迹可以探寻我的儿童时代的美丽的梦。

　　我四五岁时，有一天，我家为了"打送"（吾乡风俗，亲戚家的孩子第一次上门来作客，辞去时，主人家必做几盘包子送他，名曰"打送"）某家的小客人，母亲、姑母、婶母和诸姐们都在做米粉包子。厅屋的中间放一只大匾，匾的中央放一只大盘，盘内盛着一大堆粘土一般的米粉和一大碗做馅用的甜甜的豆沙。母亲们大家围坐在匾的四周。各人卷起衣袖，向盘内摘取一块米粉来，捏做一只碗的形状；挟取一筷豆沙来藏在这碗内；然后把碗口收拢来，做成一个圆子。再用手法把圆子捏成三角形，扭出三条绞丝花纹的脊梁来；最后在脊梁凑合的中心点上打一个红色的"寿"字印子，包子便做成。一圈一圈地陈列在大匾内，样子很是好看。大家一边做，一边兴高采烈地说笑。有时说谁的做得太小，谁的做得太大；有时盛称姑母的做得太玲珑，有时笑指母亲的做得像个饼。笑语之声，充满一堂。这是年中难得的全家欢笑的日子。而在我，做孩子们的，在这种日子更有无上的欢乐；在准备做包子时，我得先吃一碗甜甜的豆沙。做的时候，我只要吵闹一下子，母亲们会另做一只小包子来给我当场就吃。新鲜的米粉和新鲜的豆沙，热热地做出来就吃，味道是好不过的。我往往吃一只不够，再吵闹一下子就得吃第二只。倘然吃第二只还不够，我可嚷着要替她们打寿字印子。这印子是不容易打的：蘸的水太多了，打出来一塌糊涂，看不出寿字；蘸的水太少了，打出来又不清楚；况且位置要摆得正，歪了就难看；打坏了又不能揩抹涂改。所以我嚷着要打印子，是母亲们所最怕的事。她们便会和我商量，把做圆子收口时摘下来的一小粒米粉给我，叫我"自己做来自己吃"。这正是我所盼望的主目的！开了这个例之后，各人做圆子收口时摘下来的米粉，就都得照例归我所有。再不够时还得要求向大盘中扭一把米粉来，自由捏造各种粘土手工：捏一个人，团拢了，改捏一个狗；再团拢了，再改捏一只水烟管……捏到手上的龌龊都混入其中，而雪白的米粉变成了灰色的时候，我再向她们要一朵豆沙来，裹成各种三不像的东西，吃下肚子里去。这一天因为我吵得特别厉害些，姑母做了两只小巧玲珑的包子给我吃，母亲又外加摘一团米粉给我玩。为求自由，我不在那场上吃弄，拿了到店堂里，和五哥哥一同玩弄。五哥哥者，后来我知道是我们店里的学徒，但在当时我只知道他是我儿时的最亲爱的伴侣。他的年纪比我长，智力比我高，胆量比我大，他常做出种种我所意想不到的玩意儿来，使得我惊奇。这一天我把包子和米粉拿出去同他共玩，他就寻出几个印泥菩萨的小形的红泥印子来，教我印米粉菩萨。

后来我们争执起来，他拿了他的米粉菩萨逃，我就拿了我的米粉菩萨追。追到排门旁边，我跌了一交，额骨磕在排门槛上，磕了眼睛大小的一个洞，便晕迷不省。等到知觉的时候，我已被抱在母亲手里，外科郎中蔡德本先生，正在用布条向我的头上重重叠叠地包裹。

自从我跌伤以后，五哥哥每天乘店里空闲的时候到楼上来省问我。来时必然偷偷地从衣袖里摸出些我所爱玩的东西来——例如关在自来火匣子里的几只叩头虫、洋皮纸人头、老菱壳做成的小脚、顺治铜钿磨成的小刀等——送给我玩，直到我额上结成这个疤。

讲起我额上的疤的来由，我的回想中印象最清楚的人物，莫如五哥哥。而五哥哥的种种可惊可喜的行状，与我的儿童时代的欢乐，也便跟了这回想而历历地浮出到眼前来。

他的行为的顽皮，我现在想起了还觉吃惊。但这种行为对于当时的我，有莫大的吸引力，使我时时刻刻追随他，自愿地做他的从者。他用手捉住一条大蜈蚣，摘去了它的有毒的钩爪，而藏在衣袖里，走到各处，随时拿出来吓人。我跟了他走，欣赏他的把戏。他有时偷偷地把这条蜈蚣放在别人的瓜皮帽子上，让它沿着那人的额骨爬下去，吓得那人直跳起来。有时怀着这条蜈蚣去登坑，等候邻席的登坑者正在拉粪的时候，把蜈蚣丢在他的裤子上，使得那人扭着裤子乱跳，累了满身的粪。又有时当众人面前他偷把这条蜈蚣放在自己的额上，假装被咬的样子而号啕大哭起来，使得满座的人惊惶失措，七手八脚地为他营救。正在危急存亡的时候，他伸起手来收拾了这条蜈蚣，忽然破涕为笑，一缕烟逃走了。后来这套戏法渐渐做穿，有的人警告他说，若是再拿出蜈蚣来，要打头颈拳了。于是他换出别种花头来：他躲在门口，等候警告打头颈拳的人将走出门，突然大叫一声，倒身在门槛边的地上，乱滚乱撞，哭着嚷着，说是践踏了一条臂膀粗的大蛇，但蛇是已经钻进榻底下去了。走出门来的人被他这一吓，实在魂飞魄散；但见他的受难比他更深，也无可奈何他，只怪自己的运气不好。他看见一群人蹲在岸边钓鱼，便参加进去，和蹲着的人闲谈。同时偷偷地把其中相接近的两人的辫子梢头结住了，自己就走开，躲到远处去作壁上观。被结住的两人中若有一人起身欲去，滑稽剧就演出来给他看了。诸如此类的恶戏，不胜枚举。

现在回想他这种玩耍，实在近于为虐的戏谑。但当时他热心地创作，而热心地欣赏的孩子，也不止我一个。世间的严正的教育者，请稍稍原谅他的顽皮！我们的儿时，在私塾里偷偷地玩了一个折纸手工，是要遭先生用铜笔套管在额骨上猛钉几下，外加在至圣先师孔子之神位面前跪一支香的！

况且我们的五哥哥也曾用他的智力和技术来发明种种富有趣味的玩意，我现在想起了还可以神往。暮春的时候，他领我到田野去偷新蚕豆。把嫩的生吃了，而用老的来做"蚕豆水龙"。其做法，用煤头纸火把老蚕豆荚熏得半熟，剪去其下端，用手一捏，荚里的两粒豆就从下端滑出，再将荚的顶端稍稍剪去一点，使成一个小孔。然后把豆荚放在水里，待它装满了水，以一手的指捏住其下端而取出来，再以另一手的指用力压榨豆荚，一条细长的水带便从豆荚的顶端的小孔内射出。制法精巧的，射水可达一二丈之远。他又教我"豆梗笛"的做法：摘取豌豆的嫩梗长约寸许，以一端塞入口中轻轻咬嚼，吹时便发嗐嗐之音。再摘取蚕豆梗的下段，长约四五寸，用指爪在梗上均匀地开几个洞，作成笛的样子。然后把豌豆梗插入这笛的一端，用两手的指随意启闭各洞而吹奏起来，其音宛如无腔之短笛。他又教我用洋蜡烛的油作种种的浇造和塑造。用芋艿或番薯镌刻种种的印版，大类现今的木版画。……诸如此类的玩意，亦复不胜枚举。

现在我对这些儿时的乐事久已缘远了。但在说起我额上的疤的来由时，还能热烈地回忆神情活跃的五哥哥和这种兴致蓬勃的玩意儿。谁言我左额上的疤痕是缺陷？这是我的儿时欢乐的佐证，我的黄金时代的遗迹。过去的事，一切都同梦幻一般地消灭，没有痕迹留存了。只有这个疤，好像是"脊杖二十，刺配军州"时打在脸上的金印，永久地明显地录着过去的事实，一说起就可使我历历地回忆前尘。仿佛我是在儿童世界的本贯地方犯了罪，被刺配到这成人社会的"远恶军州"来的。这无期的流刑虽然使我永无还乡之望，但凭这脸上的金印，还可回溯往昔，追寻故乡的美丽的梦啊！

回忆一师附小

季羡林 / 文

学校全名应该是山东省立第一师范附属小学。

我于1917年阴历年时分从老家山东清平（现划归临清市）到了济南，投靠叔父。大概就在这一年，念了几个月的私塾，地点在曹家巷。第二年，就上了一师附小。地点在南城门内升官街西头。所谓"升官街"，与升官发财毫无关系。"官"是"棺"的同音字，这一条街上棺材铺林立。大家忌讳这个"棺"字，所以改谓升官街，礼也。

附小好像是没有校长，由一师校长兼任。当时的一师校长是王士栋，字祝晨，绰号"王大牛"。他是山东教育界的著名人物。民国一创建，他就是活跃的积极分子，担任过教育界的什么高官，同鞠思敏先生等同为山东教育界的元老，在学界享有盛誉。当时，一师和一中并称，都是山东省立重要的学校，因此，一师校长也是一个重要的职位。在一个七八岁的小学生眼中，校长宛如在九天之上，可望而不可即，可是命运真正会捉弄人，在十六年以后，在 1934 年，我在清华大学毕业后到山东省立济南高中来教书，王祝晨老师也在这里教历史，我们成了平起平坐的同事。在王老师方面，在一师附小时，他根本不会知道我这样一个小学生，他对此事，决不会有什么感触。而在我呢，情况却迥然不同，一方面我对他执弟子礼甚恭，一方面又是同事。心里直乐。

我大概在一师附小只待了一年多，不到两年，因为在我的记忆中换过一次教室，足见我在那里升过一次级。至于教学的情况，老师的情况，则一概记不起来了。唯一的残留在记忆中的一件小事，就是认识了一个"盔"字，也并不是在国文课堂上，而是在手工课堂上。老师教我们用纸折叠东西，其中有一个头盔，知道我们不会写这个字，所以用粉笔写在黑板上。这事情发生在一间大而长的教室中，室中光线不好，有点黯淡，学生人数不少。教员写完了这个字以后，回头看学生，戴着近视眼镜的脸上，有一丝笑容。

我在记忆里深挖，再深挖，实在挖不出多少东西来。学校的整个建筑，一团模糊。教室的情况，如云似雾。教师的名字，一个也记不住。学习的情况，如海上三山，糊里糊涂。总之是一点具体的影像也没有。我只记得，李长之是我的同班。因为他后来成了名人，所以才记得清楚，当时对他的印象也是模糊不清的。最奇怪的是，我记得了一个叫卞蕴珩的同学。他大概是长得非常漂亮，行为也极潇洒。对于一个七八岁的孩子来说，男女外表的美丑，他们是不关心的。可不知为什么，我竟记住了卞蕴珩，只是这个名字我就觉得美妙无比。此人后来再没有见过。对我来说，他成为一条神龙。

此外，关于我自己，还能回忆起几件小事。首先，我做过一次生意。我住在南关佛山街，走到西头，过马路就是正觉寺街。街东头有一个地方，叫新桥。这里有一所炒卖五香花生米的小铺子。铺子虽小，名气却极大。这里的五香花生米（济南俗称长果仁）又咸又香，远近驰名。我经常到这里来买。我上一师附小，一出佛山街就是新桥，可以称为顺路。有一天，不知为什么，我忽发奇想，用自己从早点费中积攒起来的一些小制钱（中间有四方孔的铜币）买了半斤五香长果仁，再用纸分包成若干包，带到学校里向小同学兜售，他们都震于新桥花生米的大名，纷纷抢购，结果我赚了一些小制钱，尝到做买卖的甜头，偷偷向我家的阿姨王妈报告。这样大概做了几次。我可真没有想到，自己在七八岁时竟显露出来了做生意的"天才"。可惜我以"误"入"歧途"，"天才"没有得到发展。否则，如果我投笔从贾，说不定我早已成为一个大款，挥金如土，不像现在这样柴、米、油、盐、酱、醋、茶都要斤斤计算了。我是一个被埋没了的"天才"。

还有一件小事，就是滚铁圈。我一闭眼，仿佛就能看到一个八岁的孩子，用一根前面弯成钩的铁条，推着一个铁圈，在升官街上从东向西飞跑，耳中仿佛还能听到铁圈在青石板路上滚动的声音。这就是我自己。有一阵子，我迷上了滚铁圈这种活动。在南门内外的大街上没法推滚，因为车马行人，喧闹拥挤。一转入升官街，车少人稀，英雄就大有用武之地了。我用不着拐弯，一气就推到附小的大门。

然而，世事多变，风云突起。为了一件没有法子说是大是小的、说起来简直是滑稽的事儿，我离开了一师附小，转了学。原来，当时正是"五四"运动风起云涌的时候，而一师校长王祝晨是新派人物，立即起来响应，改文言为白话。忘记了是哪个书局出版的国文教科书中选了一篇名传世界的童话《阿拉伯的骆驼》，内容讲的是：在沙漠大风暴中，主人躲进自己搭起来的帐篷，而把骆驼留在帐外。骆驼忍受不住风沙之苦，哀告主人说："只让我把头放进帐篷行不行？"主人答应了。过了一会儿，骆驼又哀告说："让我把前身放进去行不行？"主人又答应了。又过了一会儿，骆驼又哀告说："让我全身都进去行不行？"主人答应后，自己却被骆驼挤出了帐篷。童话的意义是非常清楚的。但是天有不测风云，这篇课文竟让叔父看到了。他大为惊诧，高声说："骆驼怎么能说话呢！荒唐！荒唐！转学！转学！"

　　于是我立即转了学。从此一师附小只留在我的记忆中了。

大莲姐姐

汪曾祺 / 文

　　大莲姐姐可以说是我的保姆。她是我母亲从娘家带过来的。她在杨家伺候大小姐——我母亲，到了我们家"带"我。我们那里把女佣人都叫做"莲子"，"大莲子""小莲子"。伺候我的二伯母的女佣人，有一个奇怪称呼，叫"高脚牌大莲子"。不知道怎么会这样称呼，可能是她的脚背特别高。全家都叫我的保姆为"大莲子"，只有我叫她"大莲姐姐"。

　　我小时候是个"惯宝宝"。怕我长不大，于是认了好几个干妈，在和尚庙、道士观里都记了名，我的法名叫"海鳌"。我还记得在我父亲的卧室的一壁墙上贴着一张八寸高五寸宽的梅红纸，当中一行字"三宝弟子求取法名海鳌"，两边各有一个字，一边是"皈"，一边是"依"。我大概是从这张记名红纸上才认得这个"皈"字的。因为是"惯宝宝"，才有一个保姆专门"看"我。大莲姐姐对我的姐姐和妹妹是不大管的，就管照看我一个人。

大莲姐姐对我母亲很有感情，对我的继母就有一种敌意。继母还没有过门，嫁妆先发了过来，新房布置好了。她拍拍一张小八仙桌，对我的姐姐说："这是红木的，不是海梅的！""海梅"别处不知叫什么，在我们那里是最贵重的木料。我母亲的嫁妆就是海梅的。她还教我们唱：

小白菜呀，

地里黄呀……

我虽然很小，也觉得这不好。

大莲姐姐对我是很好。我小时不好好吃饭，老是围着桌子转，她就围着桌子追着喂我。不知要转多少圈，才能把半碗饭喂完。

晚上，她带着我睡。

我得了小肠疝气，有时发作，就在床上叫："大莲姐姐，我疼。"她就熬了草药，倒在一个痰盂里，抱我坐在上面熏。熏一会，坠下来的小肠就能收缩回去。她不知从哪里学到一些偏方，都试过。煮了胡萝卜，让我吃。我天天吃胡萝卜，弄得我到现在还不喜欢胡萝卜的味儿。把鸡蛋打匀了，用个秤锤烧红了，放在鸡蛋里，嗤啦一声，鸡蛋熟了。不放盐，吃下去。真不好吃！

我上小学后，大莲姐姐辞了事，离开我们家。她好像在别的人家做了几年。后来，就不帮人了，住在臭河边一个白衣庵里。她信佛，听我姐姐说，她受过戒。并未剃去头发，只在头顶上剃了一块，烧的戒疤也少，头发长长了，拢上去，看不出来。她成了个"道婆子"。我们那里有不少这种道婆子。她们每逢哪个庙的香期，就去"坐经"，——席地坐着，一坐一天。不管什么庙，是庙就"坐"。东岳庙、城隍庙，本来都是道士住持，她们不管，一屁股坐下就念"南无阿弥陀佛"，我放学回家，路过白衣庵，她有时看着我走过，有时也叫我到她那里去玩。白衣庵实在没有什么好"玩"的。这是一个小庵，殿上塑着一尊白衣观音。天井东西各有一间小屋，大莲姐姐住东屋，西屋住的也是一个"带发修行"的道婆子。

她后来又和同善社、"理教劝戒烟酒会"的一些人混在一起。我们那里没有一贯道。如果有，她一定也会入一贯道的。她是什么都信的。

我的小学

汪曾祺 / 文

　　我读的小学是县立第五小学，简称五小，在城北承天寺的旁边，五小有一支校歌。我在小说《徙》的开头提到这支校歌。歌词如下：

西挹神山爽气，

东来邻寺疏钟。

看吾校巍巍峻宇，

连云栉比列其中。

半城半郭尘嚣远，

无女无男教育同。

桃红李白，芬芳馥郁，

一堂济济坐春风。

愿少年，乘风破浪，

他日毋忘化雨功。

　　"神山爽气"是秦邮八景之一。"神山"即"神居山"，在高邮湖西，我没有去过，"爽气"也不知道是一种什么样子的气。"东来邻寺疏钟"的"邻寺"即承天寺，这倒是每天必须经过的。这是一座古寺，张士诚就是在承天寺称王的。张士诚攻下高邮在至正十三年（1353），称王在次年。那时就有这座寺了。以后也没听说重修过（我没见过重修碑记）。这也就是一个一般的寺庙。一个大雄宝殿，三世佛；殿后是站在鳌鱼头上的南海观音；西侧是罗汉堂，罗汉堂有一口大钟，我写的《幽冥钟》就是写的这口钟；东边是僧众的宿舍和膳堂，廊子上挂了一条很大的木头鱼，画出蓝色的鱼鳞，一口像倒挂的如意云头的铁磬，木鱼铁磬从来没听见敲响过。寺古房旧僧白头，佛像髹漆都暗淡了。看不出一点张士诚即位称王的痕迹。他在什么地方坐朝的呢？总不能在大雄宝殿上，也不会在罗汉堂里。

　　学校的对面，也就是承天寺的对面，是"天地坛"。原来大概是祭天地的地方，但我从小就没有见过祭过天地。这是一片很大的空地，安下一个足球场还有富余。天地坛四边有砖砌的围墙，但是除了五小的学生来踢球，跑步，可以说毫无用处。坛的四面长满了荒草，草丛中有枸杞，秋天结了很多红果子，我们叫它"狗奶子"。

"巍巍峻宇"，"连云栉比"，实在过于夸张了。一个只有六个班的小学，怎么能有这样高大，这样多的房子呢！

学校门外的地势比校内高，进大门，要下一个慢坡，慢坡是"站砖"铺的。不是笔直的，而是有点弯。不知道为什么，我们对这道弯弯的慢坡很有感情。如果它是笔直的，就没有意思了。

慢坡的东端是门房，同时也是斋夫（校工）詹大胖子的宿舍。詹大胖子墙上挂着一架时钟，桌上有一把铜铃，一个玻璃匣子放着花生糖、芝麻糖，是卖给学生吃的。学校不许他卖，他还是偷偷地卖。

詹大胖子的房子的对面，隔着慢坡，是大礼堂。大礼堂的用处是做"纪念周"，开"同乐会"。平常日子，是音乐教室，唱歌。

大礼堂的北面是校园。校园里花木不多，比较突出的是一架很大的"十姊妹"。我对这个校园留下很深的印象是：

有一年我们县境闹蝗虫，蝗虫一过，遮天蔽日，学校里遍地都是蝗虫，我们就见蝗虫就捉，到校园里用两块砖头当磨子，把蝗虫磨得稀烂，蝗虫太可恶了！

校园之北，是教务处。一个很大的房间，两边靠墙摆了几张三屉桌，供教员备课，批改学生作业。当中有一张相当大的会议桌。这张会议桌平常不开会，有一个名叫夏普天的教员在桌上画炭画像。这夏普天（不知道为什么学生背后都不称他为"夏先生"，径称之为"夏普天"，有轻视之意）在教员中有其特别处。一是他穿西服（小学教员穿西服者甚少）；二是他在教小学之外还有一个副业：画像。用一个刻有方格的有四只脚的放大镜，放在一张照片上，在大张的画纸上画了经纬方格，看着放大镜，勾出铅笔细线条，然后用剪秃了的羊毫笔，蘸炭粉，涂出深浅浓淡。说是"涂"不大准确，应该说是"蹭"。我在小学时就知道这不叫艺术，但是有人家请他画，给钱。夏普天的画像真正只是谋生之术。夏家原是大族，后来败落了。夏普天画像，实非得已。过了好多年，我才知道夏普天是我们县的最早的共产党员之一！夏普天给我的印象是：一个非常聪明的人。

教务处的北面是幼稚园。现在一般都叫幼儿园，我入园时叫幼稚园。五小设幼稚园是创举。这个幼稚园是全县第一个幼稚园。

幼稚园的房子是新盖的。一切都是新的。新砖、新瓦、新门、新窗。这座房子有点特别，是六角形的。进门，是一个宽敞明亮的大厅。铺着漆成枣红色的地板，用白漆画出一个很大的圆圈。这圆圈是为了让"小朋友"沿着唱歌跳舞而画出的。"小朋友"每天除了吃点心，大部分时间是唱歌跳舞。规定：上幼稚园的"小朋友"的家里都要预备一双"软底鞋"，——普通的布鞋，但是鞋底是几层布"纳"出来的软底。

幼稚园的老师是王文英，她是我们县里头一个从"幼稚师范"毕业的专业老师。整个幼稚园只有一个老师，教唱歌、跳舞都是她。我在幼稚园学过很多歌，有一些是"表演唱"。我至今记得的是《小羊儿乖乖》，母亲出去了，狼来了：

狼：小羊儿乖乖，

把门儿开开，

快点儿开开，

我要进来。

小羊：不开不开不能开，

母亲不回来，

谁也不能开。

狼：小兔子乖乖，

把门儿开开，

快点儿开开，

我要进来。

小兔：不开不开不能开，

母亲不回来，

谁也不能开。

狼：小螃蟹乖乖，

把门儿开开，

快点儿开开，

我要进来。

螃蟹：就开就开我就开——（开门）

狼：啊呜！（把小螃蟹吃了）

小羊、小兔：可怜小螃蟹，

从此不回来。

另外还有：

拉锯，送锯，

你来，我去。

拉一把，推一把，

哗啦哗啦起风啦。

小小狗，快快走；

小小猫，快快跑！

（王老师除了教唱，领着小朋友唱，还用一架风琴伴奏。）

幼稚园门外是一个游戏场，有一个沙坑，一架秋千，还有一个"巨人布"。一根粗大柱，半截埋在土里，柱顶有一个火炬形的顶子，顶与柱之间是铁的轴辘，柱顶牵出八条粗麻绳，小朋友各攥住一根麻绳，连跑几步，拳起腿一悠，柱顶即转动，小朋友能悠好多圈。我到现在还不知道这个游戏器械为什么叫"巨人布"。也许应该写成"巨人步"。这种游戏大概是从外国传进来的。

在全班小朋友中我是最受王老师宠爱的。我们那一班临毕业前曾在游戏场上照了一张合影。我骑在一头木马上。这是我第一次留了一回马上英姿（另外还有一个同学骑在一个灰色的木鸭子上，其他小朋友都蹲着，坐着）。

我离开五小后很少和王老师见面。我十九岁离开家乡。和王老师不通音问。她和我的初中国文老师张道仁先生结了婚，我也不知道。

一九八六年我回了一次故乡，带了两盒北京的果脯，去看张老师和王老师。我给张老师和王老师都写了一张字。给王老师写的是一首不文不白的韵文：

"小羊儿乖乖，

把门儿开开"，

歌声犹在，耳畔徘徊。

念平生美育，

从此培栽。

我今亦老矣，

白髭盈腮。

但师恩母爱，

岂能忘怀。

愿吾师康健，

长寿无灾。

　　这首"诗"使王老师哭了一个晚上。她对张先生说："我教了那么多学生，还没有一个来看看我的。"张先生非常感慨地再三说："师恩母爱！师恩母爱！……"他说王老师告诉他，我上幼稚园的时候还戴着我妈妈的孝。王老师不说，我还真不记得。

　　教务处和幼稚园的东面，是一、二、三、四年级教室。两排。两排教室之前是一片空地。空地的路边有几棵很大的梧桐。到了秋天，落了一地很大的梧桐叶。我很小的时候就知道"一叶落而天下惊秋"，而且不胜感慨。我们捡梧桐子。梧桐子炒熟了，是可以吃的，很香。

　　往后走，是五年级，六年级教室。这是另外一个区域，不仅因为隔着一个院子，有几棵桂花，而且因为五、六年级是"高年级"（一、二年级是初年级，三、四年级是中年级），到了这里俨然是"大人"了，不再是毛孩子了。

　　五年级教室在西边的平地上。教室外面是一口塘。塘里有鱼。常常看到有打鱼的来摸鱼，有时摸上很大的一条。从五年级的北窗伸出钓竿，就可以钓鱼。我有一次在窗里看着一条大黑鱼咬了钩，心里怦怦跳。不料这条大黑鱼使劲一挣，把钩线挣断了，它就带着很大的一截钓线游走了！

六年级教室在一座楼上。这楼是承天寺的旧物，年久失修，真是一座"危楼"，在楼上用力蹦跳，楼板都会颤动。然而它竟也不倒。

我小时了了。去年回乡，遇到一个小学同班姓许的同学（他现在是有名的中医），说我多年都是全班第一。他大概记得不准，我从三年级后算术就不好。语文（初中年级叫"国语"，高年级叫"国文"）倒是总是考第一的。

我觉得那时的语文课本有些篇是选得很好的。一年级开头虽然是"大狗跳，小狗叫"，后面却有《咏雪》这样的诗：

一片一片又一片，

两片三片四五片，

七片八片九十片，

飞入芦花都不见。

我学这一课时才虚岁七岁，可是已经能够感受到"飞入芦花都不见"的美。我现在写散文、小说所用的方法，也许是从"飞入芦花都不见"悟出的。

二年级课文中有两则谜语，其中一则是：

远观山有色，

近听水无声。

春去花还在，

人来鸟不惊。

谜底是：画。这对培养儿童的想象力是有好处的。

我希望教育学家能搜集各个时期的课本，研究研究，吸取有益的部分，用之今日。

教三、四年级语文的老师是周席儒。我记不得他教的课文了，但一直觉得他真是一个纯然儒者。他总是坐在三年级和四年级教室之间的一间小屋的桌上批改学生的作文，"判"大字。他判字极认真，不只是在字上用红笔画圈，遇有笔画不正处，都用红笔矫正。有"间架"不平衡的字，则于字旁另书此字示范。我是认真看周先生判的字而有所领会的。我的毛笔字稍具功力，是周先生砸下的基础。周先生非常喜欢我。

教五年级国文的是高北溟先生。关于高先生，我写过一篇小说《徙》。小说，自然有很多地方是虚构，但对高先生的为人治学没有歪曲。关于高先生，我在下一篇《初中》中大概还会提到，此处从略。

教六年级国文的是张敬斋，张先生据说很有学问，但是他的出名却是因为老婆长得漂亮，外号"黑牡丹"。他教我们《老残游记》，讲得有声有色。我留下印象最深的是大明湖上的对联："四面荷花三面柳，一城山色半城湖。"这使我对济南非常向往。但是他讲"黑妞白妞说书"，文章里提到一个湖南口音的人发了一通议论，张先生也就此发了一通议论，说：为什么要说"湖南口音"呢？因为湖南话很蛮，俗说是"湖南骡子"。这实在是没有根据。我长大后到过湖南，从未听湖南人说自己是"骡子"。外省人也不叫湖南人是"湖南骡子"。不像外省人说湖北人是"九头鸟"，湖北人自己也承认。也许张先生的话有证可查，但我小时候就觉得他是胡说。不知道为什么，我对张先生的"歪批"总也忘不了。

我在五小颇有才名，是因为我的画画得不错。教我们图画的老师姓王，因为他有一个口头语："譬如"，学生就给他起了个外号："王譬如"。王先生有时带我们出校"野外写生"，那是最叫人高兴的事。常去的地方是运河堤，因为离学校很近。画得最多的是堤上的柳树，用的是 6 个 B 的铅笔。

一九九一年十月，我回高邮，见到同班同学许医生，他说我曾经送过他一张画：只用大拇指蘸墨，在纸上一按，加几笔犄角、四蹄、尾巴，就成了一头牛。大拇指有膊纹，印在纸上有牛毛效果。我三年级时是画过好些这种牛。后来就没有再画。

我对五小很有感情。每天上学，暑假、寒假还会想起到五小看看。夏天，到处长了很高的草。有一年寒假，大雪之后，我到学校去。大门没有锁，轻轻一推开了。没有一个人，连詹大胖子也不在。一片白雪，万籁俱静。我一个人踏雪走了一会，心里很感伤。

我十九岁离乡，六十六岁回故乡住了几天。我去看看我的母校：什么也没有了。承天寺、天地坛，都没有了。五小当然没有了。

这是我的小学，我亲爱的，亲爱的小学！

愿少年，乘风破浪，

他日毋忘化雨功！

我在小学

梁实秋 / 文

　　我在六七岁的时候开始描红模子，念字号儿。所谓"红模子"就是红色的单张字帖，小孩子用毛笔蘸墨把红字涂黑即可。帖上的字不外是"上大人孔乙己化三千……""一去二三里烟村四五家……"以及"王子去求仙丹成上九天……"之类。描红模子很容易描成墨猪，要练得一笔下去就横平竖直才算得功夫。所谓"字号儿"就是小方纸片，我父亲在每张纸片上写一个字，每天要我认几个字，逐日复习。后来书局印售成盒"看图识字"，一面是字，一面是画，就更有趣了，我们弟兄姊妹一大群，围坐在一张炕上的矮桌周边写字认字，有说有笑。有一次我一拱腿，把炕桌翻到地上去。母亲经常坐在炕沿上，一面做活计，一面看着我们，身边少不了一把炕苕帚，那苕帚若是倒握着在小小的脑袋上敲一记是很痛的。在那时体罚是最简捷了当的教学法。

不久，我们住的内政部街西口内路北开了一个学堂，离我家只有四五个门。校门横楣有砖刻的五个福字，故称之为五福门。后院有一棵合欢树，俗称马缨花，落花满地，孩子们抢着拾起来玩，每天早晨谁先到校谁就可以捡到最好的花，我有早起的习惯，所以我总是拾得最多。有一天我一觉醒来，窗棂上有一格已经有了阳光，急得直哭，母亲匆忙给我梳小辫，打发我上学，不大工夫我就回转了，学堂尚未开门。在这学堂我学得了什么已不记得，只记得开学那一天，学生们都穿戴一色的缨帽呢靴站在院里，只见穿戴整齐的翎顶袍褂的提调学监们摇摇摆摆地走到前面，对着至圣先师孔子的牌位领导全体行三跪九叩礼。

在这个学堂里浑浑噩噩地过了一阵。不知怎么，这学校关门大吉。于是家里请了一位教师，贾文斌先生，字宪章，密云县人，口音有一点怯，是一名拔贡。我的二姐、大哥和我三个人在西院书房受教于这位老师。所用课本已经是新编的国文教科书，从"人、手、足、刀、尺"起，到"一人二手，开门见山"，以至于"司马光幼时……"。《三字经》《百家姓》《千字文》这一段就没有经历过。贾老师的教学法是传统的"念背打"三部曲，但是第三部"打"从未实行过。不过有一次我们惹得他生了大气，那是我背书时背不出来，二姐偷偷举起书本给我看，老师本来是背对着我们的，陡然回头撞见，气得满面通红，但是没有动用桌上放着的精工雕刻的一把戒尺。还有一次也是二姐惹出来的，书房有一座大钟，每天下午钟鸣四下就放学，我们时常暗自把时针向前拨快十来分钟。老师渐渐觉得座钟不大可靠，便利用太阳光照在窗纸上的阴影用朱笔画一道线，阴影没移到线上是不放学的。日久季节变换阴影的位置也跟着移动，朱笔线也就一条条地加多。二姐想到了一个方法，趁老师不在屋里替他加上一条线，果然我们提早放学了，试行几次之后又被老师发现，我们都受了一顿训斥。

辛亥革命前二年，我和大哥进了大鹁鸽市的陶氏学堂。陶是陶端方，在当时是清政府里的一位比较有知识的人，对于金石颇有研究，而且收藏甚富，历任要职，声势煊赫，还知道开办洋学堂，很难为他了。学堂之设主要的是为教育他的家族子弟，因为他家人口众多，不过也附带着招收外面的学生，收费甚昂，故有贵族学堂之称。父亲要我们受新式教育，所以不惜学费负担投入当时公认最好的学校，事实上却大失所望。所谓新式的洋学堂，只是徒有其表。我在这学堂读了一年可以说什么也没有学到，无非是让我认识了一些丑恶腐败的现象。

陶氏学堂是私立贵族学堂，陶氏子弟自成特殊阶级原无足异。但是有些现象却是令人难以置信的。陶氏子弟上课时随身携带老妈子，听讲之间可以唤老妈子外出买来一壶酸梅汤送到桌下慢慢饮用。听先生讲书，随时可以写个纸条，搓成一个纸团，丢到老师讲台上去，代替口头发问，老师不以为忤。陶氏子弟个个恣肆骄纵，横冲直撞，记得其中有一位名陶栻者，尤其飞扬跋扈。他们在课堂内外，成群地呼啸出入，动辄动手打人，大家为之侧目。

国文老师是一位南方人，已不记得他的姓名，教我们读诗经。他根据他的祖传秘方，教我们读，教我们背诵，就是不讲解，当然即使讲解也不是儿童所能领略的。他领头扯着嗓子喊"击鼓其镗"，我们全班跟着喊"击鼓其镗"，然后我们一句句地循声朗诵"踊跃用兵，土国城漕，我独南行"。他老先生喉咙哑了，便唤一位班长之类的学生代他吼叫。一首诗朗诵过几十遍，深深地记入在我们的脑子里，迄今有些首诗我能记得清清楚楚。脑子里记若干首诗当然是好事，但是付了多大的代价！一部分童时宝贵的光阴是这样耗去的！

有趣的是体操一课。所谓体操，就是兵操。夏季制服是白帆布制的，草帽，白线袜，黑皂鞋。裤腿旁边各有一条红带，衣服上有黄铜纽扣。辫子则需盘起来扣在草帽底下。我的父母瞒着祖父母给我们做了制服，因为祖父母的见解是属于更老一代的，他们无法理解在家里没有丧事的时候孩子们可以穿白衣白裤。因此我们受到严重的警告，穿好操衣之后要罩上一件竹布大褂，白色裤脚管要高高地卷起来，才可以从屋里走到院里，下学回家时依然要偷偷摸摸溜到屋里赶快换装。在民元以前我平时没有穿过白布衣裤。

武昌起义，鼙鼓之声动地而来，随后端方遇害，陶氏学堂当然立即瓦解，陶氏子弟之在课堂内喝酸梅汤的那几位以后也不知下落如何了。这时节，祖父母相继逝世，父亲做了一件大事，全家剪小辫子。在剪辫子那一天，父亲对我们讲了一大套话，平素看的《大义觉迷录》《扬州十日记》供给他不少愤慨的资料，我们对于这污脏麻烦的辫子本来就十分厌恶，巴不得把它齐根剪去，但是在发动并州快剪之际，我们的二舅爹爹还忍不住泫然流涕。民国成立，薄海腾欢，第一任正式大总统项城袁世凯先生不愿到南京去就职，嗾使第三镇曹锟驻禄米仓部队于阴历正月十二日夜晚兵变，大烧大抢，平津人民遭殃者不计其数。我亦躬逢其盛。兵变过后很久，家里情形逐渐稳定，我才有机会进入公立第三小学。

公立第三小学在东城根新鲜胡同，是当时办得比较良好的学校，离我家又近，所以父亲决定要我和大哥投入该校。校长赫杏村先生，旗人，精明强干，声若洪钟。我和大哥都编入高小一年级，主任教师是周士菜先生，号香如，山西人，年纪不大，约三十几岁，但是蓄了小胡子，道貌岸然。周先生是我真正的启蒙业师。他教我们国文、历史、地理、习字。他的教学方法非常认真负责。在史地方面于课本之外另编补充教材，每次上课之前密密匝匝地写满了两块大黑板，要我们抄写，月终呈缴核阅。例如历史一科，鸿门之宴、垓下之围、淝水之战、安史之乱、黄袍加身、明末三案，诸如此类的史料都有比较详细的补充。材料很平常，可是他肯费心讲授，而且不占用上课时间去写黑板。对于习字一项，他特别注意。他用黑板槽里积存的粉笔屑，和水作泥，用笔蘸着写字在黑板上作为示范，灰泥干了之后显得特别的黑白分明，而且粗细停匀，笔意毕现，周老师的字属于柳公权一派，瘦劲方正。他要我们写得横平竖直，规规矩矩。同时他也没有忽略行草的书法，我们每人都备有一本草书千字文拓本，与楷书对照。我从此学得初步的草书写法，其中一部分终身未曾忘。大字之外还要写"白折子"，折子里面夹上一张乌丝格，作为练习小楷之用。他知道我们小学毕业之后能升学的不多，所以在此三年之内基础必须打好，而习字是基本技能之一。

周老师也还负起训育的责任，那时候训育叫作修身。我记得他特别注意生活上的小节，例如纽扣是否扣好，头发是否梳齐，以及说话的腔调，走路的姿势，无一不加指点。他要求于我们的很多，谁的笔记本子折角卷角就要受申斥。我的课业本子永远不敢不保持整洁。老师本人即是一个榜样。他布衣布履，纤尘不染，走起路来目不斜视，迈大步昂首前进，几乎两步一丈。讲起话来和颜悦色，但是永无戏言。在我们心目中他几乎是一个完人。我父亲很敬重周老师的为人，在我们毕业之后特别请他到家里为我的弟弟妹妹补课多年，后来还请他租用我们的邻院作为我们的邻居。我的弟弟妹妹都受业于周老师，至少我们写的字都像是周老师的笔法。

小学有英文一课，事实上我未进小学之前就已开始从父亲学习英文了。我父亲是同文馆第一期学生，所以懂些英文，庚子年乱起辍学的。小学的英文老师是王德先生，字仰臣。我们用的课本是《华英初阶》，教授的方法是由拼音开始，ba、be、bi、bo、bu，然后就是死背字句，记得第三课就有一句"Is he of us?""彼乃我辈中人否？"这一句我背得滚瓜烂熟。老师一提"Is he of us?"我马上就回答出"彼乃我辈中人否？"老师大为惊异，其实我在家里早已学过了。这样教学的方法使初学英文的人费时很多，但未养成初步的语言习惯，实在是精力的浪费。后来老师换了一位程洵先生，是一位日本留学生，有时穿着半身西装，英语发音也比较流利正确一些。我因为预先学过一些英文，所以在班上特感轻松，老师也特别嘉勉。临毕业时程老师送我一本原版的麦考莱《英国史》，这本书当时还不能看懂，后来却也变成对我有用的一本参考书。

体操老师锡福先生，字辅臣，旗人。他有一副苍老而沙哑的喉咙，喊起立正、稍息、枪上肩、枪放下的时候很是威风。排起队来我是末尾，排头的一位有我两个高。老师特别喜欢我们这一班，因为我们平常把枪擦得亮，服装整齐一些，而且开正步的时候特别用力踏地作响，给老师作面子。学校在新鲜胡同东口路南，操场在西口路北，我们排队到操场去的时候精神抖擞，有时遇到操场上还有别班同学上操未散，我们便更着力操演，逼得其他各班只有木然呆立瞪目赞叹的份儿。半小时操后，时常是踢足球，操场不画线，竖起竹竿便是球门，一半人臂缠红布，笛声一响便踢起球来，高头大马横冲直撞，像我这样的只能退避三舍以免受伤。结果是鸣笛收队皆大欢喜。

我的算术，像"鸡兔同笼"一类的题目我认为是专门用来折磨孩子的，因为当时想鸡兔是不会同笼的，即使同笼亦无须又数头又数脚，一眼看上去就会知道是几只鸡几只兔。现在我当然明白，是我自己笨，怨不得谁。手工课也不容易应付，不是抟泥，就是削竹，最可怕的是编纸，用修脚刀把彩色纸划出线条，然后再用别种彩色纸条编织上去，真需要鬼斧神工，在这方面常常由我的大姐帮忙，教手工的老师患严重口吃，结结巴巴的惹人笑。教理化的李秉衡老师，保定府人，曾经表演氢二氧一变成水，水没有变出来，玻璃瓶炸得粉碎，但是有一次却变成功了。有一次表演冷缩热胀，一只烧得滚烫的钢珠，被一位多事的同学伸手抓了起来，烫得满手掌溜浆大泡。教唱歌的是一位时老师，他没有歌喉，但是会按风琴，他教我们唱的《春之花》我至今不能忘。

有一次远足是三年中一件大事。事先筹划了很久，决定目的地为东直门外的自来水厂。这一天特别起了个大早，晨曦未上就赶到了学校，大家啜柳叶汤果腹，柳叶汤就是细长菱形薄面片加菜煮成的一种平民食品，但这是学校里难得一遇的旷典，免费供应，大家都很高兴，有人连罄数碗。不知是谁出的主意，向步军统领衙门借了六位喇叭手，改着我们学校的制服，排在我们队伍前面开道，六只亮晶晶的喇叭上挂着红绸彩，滴滴答答地吹起来，招摇过市，好不威风！由新鲜胡同走到东直门外，约有四五里之遥，往返将近十里。自来水厂没有什么可看的，虽然那庞大的水池水塔以前都没有见过。这是我第一次徒步走出北京城墙，有久困出柙之感。午间归来，两腿清酸。下次作文的题目是《远足记》，文章交卷此一盛举才算是功德圆满。

我们一班二十几人，如今音容笑貌尚存脑海者不及半数，姓名未忘者更是寥寥可数了。年龄最大身体最高的是一位名叫连祥的同学，约在二十开外，浓眉大眼，膀大腰圆，吹喇叭踢足球都是好手，脑袋后面留着一根三寸多长的小辫，用红绳扎紧，挺然翘然地立在后脑勺子上，像是一根小红萝卜。听说他以后当步兵去了。一位功课好而态度又最安详的是常禧，后来冠姓栾，他是我们的班长，周老师很器重他，后来听周老师说他在江西某处任商务印书馆分馆经理。还有岳廉识君，后来进了交通部。我们同学绝大部分都是贫寒子弟，毕业之后各自东西，以我所知道的有人投军，有人担筐卖杏，能升学的极少。我们在校的时候都相处得很好，有两种风气使我感到困惑。一个是喜欢打斗，动辄挥拳使绊，闹得桌翻椅倒。有一位同学长相不讨人喜欢，满脸疙瘩噜苏，绰号"小炸丸子"，他经常是几个好闹事的同学们欺弄的对象，有多少次被抬到讲台桌上，手脚被人按住，有人扯下他的裤子，大家轮流在他的裤裆里吐一口痰！还有一位同学名叫马玉岐，因为宗教的关系饮食习惯与别人不同，几个不讲理的同学便使用武力强迫他吃下他们不吃的东西，经常要酿出事端。

在这样尚武的环境之中我小心翼翼，有时还不能免于受人欺凌。自卫的能力之养成，无论是斗智还是斗力，都需要实际体验，我相信我们的小学是很好的训练场所。另一件使我困惑的事是大家之口出秽言的习惯。有些人各自秉承家教，不只是"三字经"常挂在嘴边，高谈阔论起来其内容往往涉及"素女经"，而且有几位特别大胆的还不惜把他在家中所见所闻的实例不厌其详地描写出来。讲的人眉飞色舞，听的人津津有味。学校好几百人共用一个厕所，其环境之脏可想，但是有些同学们如厕之后其嘴巴比那环境还脏。所以我视如厕为畏途。性教育在一群孩子们中间自由传播，这种情形当时在公立小学尤甚，我是深深拜受其赐了。

我在第三小学读了三年，每天早晨和我哥哥步行到校，无间风雪。天气不好的时候要穿家中自制的带钉的油鞋，手中举着雨伞，途中经常要遇到一只恶犬，多少要受到骚扰，最好的时候是适值它在安睡，我们就悄悄地溜过去了，那时我不明白为什么有人要养狗并且纵容它与人为难。内政部门口站岗和巡捕半醒半睡地挂着上刺刀的步枪靠在墙垛上，时常对我们颔首微笑，我们觉得受宠若惊，久之也搭讪着说两句话。出内政部街东口往北转，进入南小街子，无分晴雨永远有泥泞车辙，其深常在尺许。街边有羊肉床子，时常遇到宰羊，我们就驻足而视，看着绵羊一声不响在引颈就戮。羊肉包子的味道热腾腾地四溢。卖螺丝转儿油炸鬼的，卖甜浆粥的，卖烤白薯的，卖糖耳朵的，一路上左右皆是。再向东一转就进入新鲜胡同了，一眼可以望得见城墙根，常常看见有人提笼架鸟从那边溜达着走过来。这一段路给我的印象很深，二十多年后我再经过这条街则已变为坦平大道面目全非，但是我还是怀念那久已不复存在的湫隘的陋巷。我是在这些陋巷中生长大的，这是我的故乡。

民国四年我毕业的时候，主管教育的京师学务局（局长为德彦）令饬举行会考，把所有各小学应届毕业的学生三数百人聚集在我们第三小学，考国文习字图画数科，名之曰观摩会，事关学校荣誉，大家都兴奋。国文试题记得是"诸生试各言尔志"，事有凑巧这个题目我们以前作过，而且以前作的时候，好多同学都是说将来要"效命疆场，马革裹尸"。我其实并无意步武马援，但是我也撷拾了这两句豪语。事后听主考的人说：第三小学的一班学生有一半要"马革裹尸"，是佳话还是笑谈也就很难分辨了。我在打草稿的时候，一时兴起，使出了周老师所传授的草书千字文的笔法，写得虽然说不上龙飞蛇舞，却也自觉得应手得心，正赶上局长大人亲自监考经过我的桌旁，看见我写得好大个的草书，留下了特别的印象。图画考的是自由画，我们一班最近画过一张松鹤图，记忆犹新，大家不约而同都依样葫芦，斜着一根松枝，上面立着一只振翅欲飞的仙鹤，章法不错。我本来喜欢图画，父亲给我的《芥子园画谱》也发生了作用，我所画的松鹤图总算是尽力为之了。榜发之后，我和哥哥以及栾常禧君都高居榜首，荣誉属于第三小学。我得到的奖品最多，是一张褒奖状，一部成亲王的巾箱帖，一个墨盒，一副笔架以及笔墨之类。

"小时了了，大未必佳"，如今想想这话颇有道理。

落花生

许地山 / 文

　　我们屋后有半亩隙地。母亲说："让他荒芜着怪可惜，既然你们那么爱吃花生，就辟来做花生园罢。"我们几姊弟和几个小丫头都很喜欢——买种底买种，动土底动土，灌园底灌园；过不了几个月，居然收获了！

　　妈妈说："今晚我们可以做一个收获节，也请你们爹爹来尝尝我们底新花生，如何？"我们都答应了。母亲把花生做成好几样底食品，还吩咐这节期要在园里底茅亭举行。

　　那晚上底天色不大好，可是爹爹也到来，实在很难得！爹爹说："你们爱吃花生么？"

　　我们都争着答应："爱！"

　　"谁能把花生底好处说出来？"

　　姊姊说："花生底气味很美。"

哥哥说："花生可以制油。"

我说："无论何等人都可以用贱价买他来吃；都喜欢吃他。这就是他底好处。"

爹爹说："花生底用处固然很多；但有一样是很可贵的。这小小的豆不像那好看的苹果、桃子、石榴，把他们底果实悬在枝上，鲜红嫩绿的颜色，令人一望而发生羡慕底心。他只把果子埋在地底，等到成熟，才容人把他挖出来。你们偶然看见一棵花生瑟缩地长在地上，不能立刻辨出他有没有果实，非得等到你接触他才能知道。"

我们都说："是的。"母亲也点点头。爹爹接下去说："所以你们要像花生，因为他是有用的，不是伟大、好看的东西。"我说："那么，人要做有用的人，不要做伟大、体面的人了。"爹爹说："这是我对于你们底希望。"

我们谈到夜阑才散，所有花生食品虽然没有了，然而父亲底话现在还印在我心版上。

从百草园到三味书屋

鲁迅 / 文

　　我家的后面有一个很大的园，相传叫作百草园。现在是早已并屋子一起卖给朱文公的子孙了，连那最末次的相见也已经隔了七八年，其中似乎确凿只有一些野草；但那时却是我的乐园。

　　不必说碧绿的菜畦，光滑的石井栏，高大的皂荚树，紫红的桑椹；也不必说鸣蝉在树叶里长吟，肥胖的黄蜂伏在菜花上，轻捷的叫天子（云雀）忽然从草间直窜向云霄里去了。单是周围的短短的泥墙根一带，就有无限趣味。油蛉在这里低唱，蟋蟀们在这里弹琴。翻开断砖来，有时会遇见蜈蚣；还有斑蝥，倘若用手指按住它的脊梁，便会拍的一声，从后窍喷出一阵烟雾。何首乌藤和木莲藤缠络着，木莲有莲房一般的果实，何首乌有拥肿的根。有人说，何首乌根是有像人形的，吃了便可以成仙，我于是常常拔它起来，牵连不断地拔起来，也曾因此弄坏了泥墙，却从来没有见过有一块根像人样。如果不怕刺，还可以摘到覆盆子，像小珊瑚珠攒成的小球，又酸又甜，色味都比桑椹要好得远。

长的草里是不去的，因为相传这园里有一条很大的赤练蛇。

长妈妈曾经讲给我一个故事听：先前，有一个读书人住在古庙里用功，晚间，在院子里纳凉的时候，突然听到有人在叫他。答应着，四面看时，却见一个美女的脸露在墙头上，向他一笑，隐去了。他很高兴；但竟给那走来夜谈的老和尚识破了机关。说他脸上有些妖气，一定遇见"美女蛇"了；这是人首蛇身的怪物，能唤人名，倘一答应，夜间便要来吃这人的肉的。他自然吓得要死，而那老和尚却道无妨，给他一个小盒子，说只要放在枕边，便可高枕而卧。他虽然照样办，却总是睡不着，——当然睡不着的。到半夜，果然来了，沙沙沙！门外像是风雨声。他正抖作一团时，却听得豁的一声，一道金光从枕边飞出，外面便什么声音也没有了，那金光也就飞回来，敛在盒子里。后来呢？后来，老和尚说，这是飞蜈蚣，它能吸蛇的脑髓，美女蛇就被它治死了。

结末的教训是：所以倘有陌生的声音叫你的名字，你万不可答应他。

这故事很使我觉得做人之险，夏夜乘凉，往往有些担心，不敢去看墙上，而且极想得到一盒老和尚那样的飞蜈蚣。走到百草园的草丛旁边时，也常常这样想。但直到现在，总还是没有得到，但也没有遇见过赤练蛇和美女蛇。叫我名字的陌生声音自然是常有的，然而都不是美女蛇。

冬天的百草园比较的无味；雪一下，可就两样了。拍雪人（将自己的全形印在雪上）和塑雪罗汉需要人们鉴赏，这是荒园，人迹罕至，所以不相宜，只好来捕鸟。薄薄的雪，是不行的；总须积雪盖了地面一两天，鸟雀们久已无处觅食的时候才好。扫开一块雪，露出地面，用一支短棒支起一面大的竹筛来，下面撒些秕谷，棒上系一条长绳，人远远地牵着，看鸟雀下来啄食，走到竹筛底下的时候，将绳子一拉，便罩住了。但所得的是麻雀居多，也有白颊的"张飞鸟"，性子很躁，养不过夜的。

这是闰土的父亲所传授的方法，我却不大能用。明明见它们进去了，拉了绳，跑去一看，却什么都没有，费了半天力，捉住的不过三四只。闰土的父亲是小半天便能捕获几十只，装在叉袋里叫着撞着的。我曾经问他得失的缘由，他只静静地笑道：你太性急，来不及等它走到中间去。

我不知道为什么家里的人要将我送进书塾里去了，而且还是全城中称为最严厉的书塾。也许是因为拔何首乌毁了泥墙罢，也许是因为将砖头抛到间壁的梁家去了罢，也许是因为站在石井栏上跳了下来罢……都无从知道。总而言之：我将不能常到百草园了。Ade，我的蟋蟀们！ Ade，我的覆盆子们和木莲们！……

出门向东，不上半里，走过一道石桥，便是我的先生的家了。从一扇黑油的竹门进去，第三间是书房。中间挂着一块匾道：三味书屋；匾下面是一幅画，画着一只很肥大的梅花鹿伏在古树下。没有孔子牌位，我们便对着那匾和鹿行礼。第一次算是拜孔子，第二次算是拜先生。

第二次行礼时，先生便和蔼地在一旁答礼。他是一个高而瘦的老人，须发都花白了，还戴着大眼镜。我对他很恭敬，因为我早听到，他是本城中极方正，质朴，博学的人。

不知从哪里听来的，东方朔也很渊博，他认识一种虫，名曰"怪哉"，冤气所化，用酒一浇，就消释了。我很想详细地知道这故事，但阿长是不知道的，因为她毕竟不渊博。

现在得到机会了，可以问先生。

"先生，'怪哉'这虫，是怎么一回事？……"我上了生书，将要退下来的时候，赶忙问。

"不知道！"他似乎很不高兴，脸上还有怒色了。

我才知道做学生是不应该问这些事的，只要读书，因为他是渊博的宿儒，决不至于不知道，所谓不知道者，乃是不愿意说。年纪比我大的人，往往如此，我遇见过好几回了。

我就只读书，正午习字，晚上对课。先生最初这几天对我很严厉，后来却好起来了，不过给我读的书渐渐加多，对课也渐渐地加上字去，从三言到五言，终于到七言。

三味书屋后面也有一个园，虽然小，但在那里也可以爬上花坛去折蜡梅花，在地上或桂花树上寻蝉蜕。最好的工作是捉了苍蝇喂蚂蚁，静悄悄地没有声音。然而同窗们到园里的太多，太久，可就不行了，先生在书房里便大叫起来：

"人都到那里去了?!"

人们便一个一个陆续走回去；一同回去，也不行的。他有一条戒尺，但是不常用，也有罚跪的规则，但也不常用，普通总不过瞪几眼，大声道：

"读书！"

大家放开喉咙读一阵书，真是人声鼎沸。有念"仁远乎哉我欲仁斯仁至矣"的，有念"笑人齿缺曰狗窦大开"的，有念"上九潜龙勿用"的，有念"厥土下上上错厥贡苞茅橘柚"的……先生自己也念书。后来，我们的声音便低下去，静下去了，只有他还大声朗读着：

"铁如意，指挥倜傥，一座皆惊呢～～～；金叵罗，颠倒淋漓噫，千杯未醉嗬～～～……。"

我疑心这是极好的文章，因为读到这里，他总是微笑起来，而且将头仰起，摇着，向后面拗过去，拗过去。

先生读书入神的时候，于我们是很相宜的。有几个便用纸糊的盔甲套在指甲上做戏。我是画画儿，用一种叫作"荆川纸"的，蒙在小说的绣像上一个个描下来，像习字时候的影写一样。读的书多起来，画的画也多起来；书没有读成，画的成绩却不少了，最成片段的是《荡寇志》和《西游记》的绣像，都有一大本。后来，因为要钱用，卖给了一个有钱的同窗了。他的父亲是开锡箔店的；听说现在自己已经做了店主，而且快要升到绅士的地位了。这东西早已没有了罢。

阿长与《山海经》

鲁迅 / 文

　　长妈妈，已经说过，是一个一向带领着我的女工，说得阔气一点，就是我的保姆。我的母亲和许多别的人都这样称呼她，似乎略带些客气的意思。只有祖母叫她阿长。我平时叫她"阿妈"，连"长"字也不带；但到憎恶她的时候，——例如知道了谋死我那隐鼠的却是她的时候，就叫她阿长。

　　我们那里没有姓长的；她生得黄胖而矮，"长"也不是形容词。又不是她的名字，记得她自己说过，她的名字是叫作什么姑娘的。什么姑娘，我现在已经忘却了，总之不是长姑娘；也终于不知道她姓什么。记得她也曾告诉过我这个名称的来历：先前的先前，我家有一个女工，身材生得很高大，这就是真阿长。后来她回去了，我那什么姑娘才来补她的缺，然而大家因为叫惯了，没有再改口，于是她从此也就成为长妈妈了。

虽然背地里说人长短不是好事情，但倘使要我说句真心话，我可只得说：我实在不大佩服她。最讨厌的是常喜欢切切察察，向人们低声絮说些什么事。还竖起第二个手指，在空中上下摇动，或者点着对手或自己的鼻尖。我的家里一有些小风波，不知怎的我总疑心和这"切切察察"有些关系。又不许我走动，拔一株草，翻一块石头，就说我顽皮，要告诉我的母亲去了。一到夏天，睡觉时她又伸开两脚两手，在床中间摆成一个"大"字，挤得我没有余地翻身，久睡在一角的席子上，又已经烤得那么热。推她呢，不动；叫她呢，也不闻。

"长妈妈生得那么胖，一定很怕热罢？晚上的睡相，怕不见得很好罢？……"

母亲听到我多回诉苦之后，曾经这样地问过她。我也知道这意思是要她多给我一些空席。她不开口。但到夜里，我热得醒来的时候，却仍然看见满床摆着一个"大"字，一条臂膊还搁在我的颈子上。我想，这实在是无法可想了。

但是她懂得许多规矩；这些规矩，也大概是我所不耐烦的。一年中最高兴的时节，自然要数除夕了。辞岁之后，从长辈得到压岁钱，红纸包着，放在枕边，只要过一宵，便可以随意使用。睡在枕上，看着红包，想到明天买来的小鼓，刀枪，泥人，糖菩萨……。然而她进来，又将一个福橘放在床头了。

"哥儿，你牢牢记住！"她极其郑重地说。"明天是正月初一，清早一睁开眼睛，第一句话就得对我说：'阿妈，恭喜恭喜！'记得么？你要记着，这是一年的运气的事情。不许说别的话！说过之后，还得吃一点福橘。"她又拿起那橘子来在我的眼前摇了两摇，"那么，一年到头，顺顺流流……。"

梦里也记得元旦的，第二天醒得特别早，一醒，就要坐起来。她却立刻伸出臂膊，一把将我按住。我惊异地看她时，只见她惶急地看着我。

她又有所要求似的，摇着我的肩。我忽而记得了——

"阿妈，恭喜……。"

"恭喜恭喜！大家恭喜！真聪明！恭喜恭喜！"她于是十分欢喜似的，笑将起来，同时将一点冰冷的东西，塞在我的嘴里。我大吃一惊之后，也就忽而记得，这就是所谓福橘，元旦辟头的磨难，总算已经受完，可以下床玩耍去了。

她教给我的道理还很多，例如说人死了，不该说死掉，必须说"老掉了"；死了人，生了孩子的屋子里，不应该走进去；饭粒落在地上，必须拣起来，最好是吃下去；晒裤子用的竹竿底下，是万不可钻过去的……。此外，现在大抵忘却了，只有元旦的古怪仪式记得最清楚。总之：都是些烦琐之至，至今想起来还觉得非常麻烦的事情。

　　然而我有一时也对她发生过空前的敬意。她常常对我讲"长毛"。她之所谓"长毛"者，不但洪秀全军，似乎连后来一切土匪强盗都在内，但除却革命党，因为那时还没有。她说得长毛非常可怕，他们的话就听不懂。她说先前长毛进城的时候，我家全都逃到海边去了，只留一个门房和年老的煮饭老妈子看家。后来长毛果然进门来了，那老妈子便叫他们"大王"，——据说对长毛就应该这样叫，——诉说自己的饥饿。长毛笑道："那么，这东西就给你吃了罢！"将一个圆圆的东西掷了过来，还带着一条小辫子，正是那门房的头。煮饭老妈子从此就骇破了胆，后来一提起，还是立刻面如土色，自己轻轻地拍着胸脯道："阿呀，骇死我了，骇死我了……。"

　　我那时似乎倒并不怕，因为我觉得这些事和我毫不相干的，我不是一个门房。但她大概也即觉到了，说道："像你似的小孩子，长毛也要掳的，掳去做小长毛。还有好看的姑娘，也要掳。"

"那么，你是不要紧的。"我以为她一定最安全了，既不做门房，又不是小孩子，也生得不好看，况且颈子上还有许多灸疮疤。

"那里的话?!"她严肃地说。"我们就没有用么？我们也要被掳去。城外有兵来攻的时候，长毛就叫我们脱下裤子，一排一排地站在城墙上，外面的大炮就放不出来；再要放，就炸了！"

这实在是出于我意想之外的，不能不惊异。我一向只以为她满肚子是麻烦的礼节罢了，却不料她还有这样伟大的神力。从此对于她就有了特别的敬意，似乎实在深不可测；夜间的伸开手脚，占领全床，那当然是情有可原的了，倒应该我退让。

这种敬意，虽然也逐渐淡薄起来，但完全消失，大概是在知道她谋害了我的隐鼠之后。那时就极严重地诘问，而且当面叫她阿长。我想我又不真做小长毛，不去攻城，也不放炮，更不怕炮炸，我惧惮她什么呢！

但当我哀悼隐鼠，给它复仇的时候，一面又在渴慕着绘图的《山海经》了。这渴慕是从一个远房的叔祖惹起来的。他是一个胖胖的，和蔼的老人，爱种一点花木，如珠兰、茉莉之类，还有极其少见的，据说从北边带回去的马缨花。他的太太却正相反，什么也莫名其妙，曾将晒衣服的竹竿搁在珠兰的枝条上，枝折了，还要愤愤地咒骂道："死尸！"这老人是个寂寞者，因为无人可谈，就很爱和孩子们往来，有时简直称我们为"小友"。在我们聚族而居的宅子里，只有他书多，而且特别。制艺和试帖诗，自然也是有的；但我却只在他的书斋里，看见过陆玑的《毛诗草木鸟兽虫鱼疏》，还有许多名目很生的书籍。我那时最爱看的是《花镜》，上面有许多图。他说给我听，曾经有过一部绘图的《山海经》，画着人面的兽，九头的蛇，三脚的鸟，生着翅膀的人，没有头而以两乳当作眼睛的怪物，……可惜现在不知道放在那里了。

我很愿意看看这样的图画，但不好意思力逼他去寻找，他是很疏懒的。问别人呢，谁也不肯真实地回答我。压岁钱还有几百文，买罢，又没有好机会。有书买的大街离我家远得很，我一年中只能在正月间去玩一趟，那时候，两家书店都紧紧地关着门。

玩的时候倒是没有什么的，但一坐下，我就记得绘图的《山海经》。

大概是太过于念念不忘了，连阿长也来问《山海经》是怎么一回事。这是我向来没有和她说过的，我知道她并非学者，说了也无益；但既然来问，也就都对她说了。

过了十多天，或者一个月罢，我还很记得，是她告假回家以后的四五天，她穿着新的蓝布衫回来了，一见面，就将一包书递给我，高兴地说道：

"哥儿，有画儿的'三哼经'，我给你买来了！"

我似乎遇着了一个霹雳，全体都震悚起来；赶紧去接过来，打开纸包，是四本小小的书，略略一翻，人面的兽，九头的蛇，……果然都在内。

这又使我发生新的敬意了，别人不肯做，或不能做的事，她却能够做成功。她确有伟大的神力。谋害隐鼠的怨恨，从此完全消灭了。

这四本书，乃是我最初得到，最为心爱的宝书。

书的模样，到现在还在眼前。可是从还在眼前的模样来说，却是一部刻印都十分粗拙的本子。纸张很黄；图像也很坏，甚至于几乎全用直线凑合，连动物的眼睛也都是长方形的。但那是我最为心爱的宝书，看起来，确是人面的兽；九头的蛇；一脚的牛；袋子似的帝江；没有头而"以乳为目，以脐为口"，还要"执干戚而舞"的刑天。

此后我就更其搜集绘图的书，于是有了石印的《尔雅音图》和《毛诗品物图考》，又有了《点石斋丛画》和《诗画舫》。《山海经》也另买了一部石印的，每卷都有图赞，绿色的画，字是红的，比那木刻的精致得多了。这一部直到前年还在，是缩印的郝懿行疏。木刻的却已经记不清是什么时候失掉了。

我的保姆，长妈妈即阿长，辞了这人世，大概也有了三十年了罢。我终于不知道她的姓名，她的经历；仅知道有一个过继的儿子，她大约是青年守寡的孤孀。

仁厚黑暗的地母呵，愿在你怀里永安她的魂灵！

第二章

诗酒趁年华

德国学习生活回忆

季羡林 / 文

我于 1934 年在清华大学西洋文学系毕业，到母校济南省立高中去教了一年国文。1935 年秋天，考取清华大学与德国交换研究生，到德国著名的大学城哥廷根去继续学习。

首先碰到的一个问题就是学习科目。我曾经想学习古希腊文和拉丁文。但是当时德国中学生要学习八年拉丁文、六年希腊文。我补习这两种古代语言至少也要费上几年的时间，那是无论如何也做不到的。为这个问题，我着实烦恼了一阵。有一天，我走到大学的教务处去看教授开课的布告。偶然看到 Waldschmidt 教授要开梵文课。这一下子就勾引起我旧有的兴趣：学习梵文和巴利文。从此以后，我在这个只有十万人口的小城住了整整十年，绝大部分精力就用在学习梵文和巴利文上。

我到哥廷根时，法西斯头子才上台两年。又过了两年，1937年，日本法西斯就发动了侵华战争。再过两年，1939年，德国法西斯就发动了第二次世界大战。在漫长的十年当中，我没有过上几天平静舒适的日子。到了德国不久，就赶上黄油和肉定量供应，而且是越来越少。二次大战一爆发，面包立即定量，也是同样的规律：越来越少，而且越来越坏。到了后来，黄油基本上不见，做菜用的油是什么化学合成的，每月分配到的量很少，倒入锅中，转瞬一阵烟，便一切俱逝。做面包的面粉大部分都不是面粉。德国人自己也不知道是什么东西，有的说是海鱼粉做成，有的又说是木头炮制的。刚拿到手，还可以入口；放上一夜，就腥臭难闻。过了几年这样的日子，天天挨饿，做梦也梦到祖国吃的东西。要说真正挨饿的话，那才算是挨饿。有一次我同一位德国小姐骑自行车下乡去帮助农民摘苹果，因为成丁的男子几乎都被征从军，劳动力异常缺少。劳动了一天，农民送给我一些苹果和五磅土豆。我回家以后，把五磅土豆一煮，一顿饭吃个精光，但仍毫无饱意。挨饿的程度，可以想见。我当时正读俄国作家果戈理的《钦差大臣》，其中有一个人没有东西吃，脱口说了一句："我饿得简直想把地球一口气吞下去。"我读了，大为高兴，因为这位俄国作家在多少年以前就说出了我心里的话。

　　然而，我的学习并没有放松。我仍然是争分夺秒，把全部的时间都用于学习。我那几位德国老师使我毕生难忘。西克教授（Prof. Emil Sieg）当时已到耄耋高龄，早已退休，但由于 Waldschmidt 被征从军，他又出来代理。这位和蔼可亲诲人不倦的老人治学谨严，以读通吐火罗语，名扬国际学术界。他教我读波颠阇利的《大疏》，教我读《梨俱吠陀》，教我读《十王子传》，这都是他的拿手好戏。此外，他还殷切地劝我学习吐火罗语。我原来并没有这个打算，因为，从我的能力来说，我学习的东西已经够多的了。但是他的盛意难却。我就跟他念起吐火罗语来。同我同时学习的还有一个比利时的学者 W. Couvreur。Waldschmidt 教授每次回家休假，还关心指导我的论文。就这样，在战火纷飞下，饥肠辘辘中，我完成了我的学习，Waldschmidt 教授和其他两个系——斯拉夫语言系和英国语言系——的有关教授对我进行了口试。学习算是告一段落。有一些人常说：学术无国界。我以前对于这句话曾有过怀疑：学术怎么能无国界呢？一直到今天，就某些学科来说，仍然是有国界的。但是，也许因为我学的是社会科学，从我的那些德国老师身上，确实可以看出，学术是没有国界的。他们对我从来没有想保留一手。循循善诱，谆谆教导，连想法和资料，对我都是公开的。他们为什么这样做呢？难道他们不是想使他们从事的那种学科能够传入迢迢万里的中国来生根发芽结果吗？

此时战争已经形势大变。德国法西斯由胜转败，只有招架之功，没有还手之力。最初英美的飞机来德国轰炸时，炸弹威力不大，七八层的高楼仅仅只能炸坏最上面的几层。法西斯头子尾巴大翘，狂妄地加以嘲讽。但是过了不久，炸弹威力猛增，往往是把高楼一炸到底，有时甚至在穿透之后从地下往上爆炸。这时轰炸的规模也日益扩大，英国白天来炸，美国晚上来炸，都用的是"铺地毯"的方式，意思就是炸弹像铺地毯一样，一点儿空隙也不留。有时候，我到郊外林中去躲避空袭，躺在草地上仰望英美飞机编队飞过，机声震地，黑影蔽天，一躺就是个把小时。

我就是在这样饥寒交迫、机声隆隆中学习的。我当然会想到祖国，此时祖国在我心头的分量比什么时候都大。然而它却在千山万水之外，云天渺茫之中。我有时候简直失掉希望，觉得今生再也不会见到最亲爱的祖国了。同家庭也失掉联系。我想改杜甫的诗："烽火连三岁，家书抵亿金。"我曾在当时写成的一篇短文里写道："乡思使我想到：我是一个有故乡和祖国的人。"也许现在的人们无法理解这样一句平凡简单然而又包含着许多深意的话。我当时是了解的，现在当然更能了解了。

在这里，我想着重提一下德国人民的友好情谊。大家都知道，在三十年代末四十年代初，中国，除了解放区以外，是在国民党统治下的，外交无能，内政腐败，黄钟毁弃，瓦釜雷鸣，是一个被人家瞧不起的国家，何况德国法西斯更是瞧不起所谓"有色人种"的。法西斯头子希特勒时有所表露，而他的话又是被某一些德国人奉为金科玉律的。然而，在广大人民群众中，情况却完全两样。我在德国住了那样长的时间，从来没有碰到种族歧视的粗野对待。我的女房东待我像自己的孩子一样。离别时她痛哭失声。我的老师，我上面已经讲到过，对我在学术上要求极严，但始终亲切和蔼，令我如在春风化雨中。对一个远离祖国有时又有些多愁善感的年轻人来说，这是极大的安慰，它使我有勇气在饥寒交迫、精神极度愁苦中坚持下去，一直看到法西斯的垮台。

法西斯垮台以后，德国已经是一片废墟。我曾到哈诺弗

（通译"汉诺威"）去过一趟。这个百万人口的大城，城里面光留下一个空架子，几乎没有什么居民。大街两旁全是被轰炸过的高楼大厦，只剩下几堵墙；沿墙的地下室窗口旁，摆满上坟用的花圈。据说被埋在地下室里的人成千上万。当时轰炸后，还能听到里面的求救声，但没法挖开地下室救他们。声音日渐微弱，终于无声地死在里边。现在停战了，还是无法挖开地下室，抬出尸体，家人上坟就只好把花圈摆在窗外。这种景象实在让人毛骨悚然。

这时已是1945年深秋，我到德国已经整整十年了。我同几个中国同乡，乘美军的汽车，到了瑞士，在那里住了将近半年。1946年夏天回国。从此结束了我那漫长的流浪生活。

记梁任公先生的一次演讲

梁实秋 / 文

梁任公先生晚年不谈政治，专心学术。在民国十二年左右，清华学校请他做第一次的演讲，题目是《中国韵文里表现的情感》。我很幸运地有机会听到这一篇动人的演讲。那时候的青年学子，对梁任公先生怀着无限的景仰，倒不是因为他是戊戌政变的主角，也不是因为他是云南起义的策划者，实在是因为他的学术文章对于青年确有启迪领导的作用。过去也有不少显宦，以及叱咤风云的人物，莅校讲话。但是他们没有能留下深刻的印象。

任公先生的这一篇讲演稿，后来收在《饮冰室文集》里。他的讲演是预先写好的，整整齐齐地写在宽大的宣纸制的稿纸上面，他的书法很是秀丽，用浓墨写在宣纸上，十分美观。但是读他这篇文章和听他这篇讲演，那趣味相差很多，犹之乎读剧本与看戏之迥乎不同。

我记得清清楚楚，在一个风和日丽的下午，高等科楼上大教堂里坐满了听众，随后走进了一位短小精悍秃头顶宽下巴的人物，穿着肥大的长袍，步履稳健，风神潇洒，左右顾盼，光芒四射，这就是梁任公先生。

他走上讲台，打开他的讲稿，眼光向下面一扫，然后是他的极简短的开场白，一共只有两句，头一句是："启超没有什么学问——"眼睛向上一翻，轻轻点一下头："可是也有一点喽！"这样谦逊同时又这样自负的话是很难得听到的。他的广东官话是很够标准的，距离国语甚远，但是他的声音沉着而有力，有时又是洪亮而激亢，所以我们还是能听懂他的每一字，我们甚至想如果他说标准国语其效果可能反要差一些。

我记得他开头讲一首古诗，《箜篌引》：

公无渡河。公竟渡河！

渡河而死，其奈公何！

这四句十六字，经他一朗诵，再经他一解释，活画出一出悲剧，其中有起承转合，有情节，有背景，有人物，有情感。我在听先生这篇讲演后约二十余年，偶然获得机缘在茅津渡候船渡河。但见黄沙弥漫，黄流滚滚，景象苍茫，不禁哀从中来，顿时忆起先生讲的这首古诗。

先生博闻强记，在笔写的讲稿之外，随时引证许多作品，大部分他都能背诵得出。有时候，他背诵到酣畅处，忽然记不起下文，他便用手指敲打他的秃头，敲几下之后，记忆力便又畅通，成本大套地背诵下去了。他敲头的时候，我们屏息以待，他记起来的时候，我们也跟着他欢喜。

先生的讲演，到紧张处，便成为表演。他真是手之舞之足之蹈之，有时掩面，有时顿足，有时狂笑，有时叹息。听他讲到他最喜爱的《桃花扇》，讲到"高皇帝，在九天，不管……"那一段，他悲从中来，竟痛哭流涕而不能自已。他掏出手巾拭泪，听讲的人不知有几多也泪下沾巾了！又听他讲杜氏讲到"剑外忽传收蓟北，初闻涕泪满衣裳……"，先生又真是于涕泗交流之中张口大笑了。

这一篇讲演分三次讲完，每次讲过，先生大汗淋漓，状极愉快。听过这讲演的人，除了当时所受的感动之外，不少人从此对于中国文学发生了强烈的爱好。先生尝自谓"笔锋常带情感"，其实先生在言谈讲演之中所带的情感不知要更强烈多少倍!

有学问、有文采、有热心肠的学者，求之当世能有几人？于是我想起了从前的一段经历，笔而记之。

七载云烟

汪曾祺 / 文

天地一瞬

我在云南住过七年，一九三九——一九四六年。准确地说，只能说在昆明住了七年。昆明以外，最远只到过呈贡，还有滇池边一片沙滩极美，柳树浓密的叫做斗南村的地方，连富民都没有去过。后期在黄土坡、白马庙各住过年把二年，这只能算是郊区。到过金殿、黑龙潭、大观楼，都只是去游逛，当日来回。我们经常活动的地方是市内。市内又以正义路及其旁出的几条横街为主。正义路北起华山南路，南至金马碧鸡牌坊，当时是昆明的贯通南北的干线，又是市中心所在。我们到南屏大戏院去看电影，——演的都是美国片子。更多的时间是无目的地闲走，闲看。

我们去逛书店。当时书店都是开架售书，可以自己抽出书来看。有的穷大学生会靠在柜台一边，看一本书，一看两三个小时。

逛裱画店。昆明几乎家家都有钱南园的写得四方四正的颜字对联。还有一个吴忠荩老先生写的极其流利但用笔扁如竹篾的行书四扇屏。慰情聊胜无，看看也是享受。

武成路后街有两家做锡箔的作坊。我每次经过，都要停下来看做锡箔的师傅在一个木墩上垫了很厚的粗草纸，草纸间衬了锡片，用一柄很大的木槌，使劲夯砸那一垛草纸。师傅浑身是汗，于是锡箔就槌成了。没有人愿意陪我欣赏这种槌锡箔艺术，他们都以为："这有什么看头！"

逛茶叶店。茶叶店有什么逛头？有！华山西路有一家茶叶店，一壁挂了一副嵌在镜框里的米南宫体的小对联，字写得好，联语尤好：

静对古碑临黑女

闲吟绝句比红儿

我觉得这对得很巧，但至今不知道这是谁的句子。尤其使我不明白的，是这家茶叶店为什么要挂这样一副对子？

我们每天经过，随时往来的地方，还是大西门一带。大西门里的文林街，大西门外的凤翥街、龙翔街。"凤翥""龙翔"，不知道是哪位擅于辞藻的文人起下的富丽堂皇的街名，其实这只是两条丁字形的小小的横竖街。街虽小，人却多，气味浓稠。这是来往滇西的马锅头卸货、装货、喝酒、吃饭、抽鸦片、睡女人的地方。我们在街上很难"深入"这种生活的里层，只能切切实实地体会到：这是生活！我们在街上闲看。看卖木柴的，卖木炭的，卖粗瓷碗、卖砂锅的，并且常常为一点细节感动不已。

但是我生活得最久，接受影响最深，使我成为这样一个人，这样一个作家，——不是另一种作家的地方，是西南联大，新校舍。

骑了毛驴考大学

万里长征，

辞却了五朝宫阙。

暂驻足，

衡山湘水，

又成离别。

绝徽移栽桢干质，

九州遍洒黎元血。

尽箛吹弦诵在山城，

情弥切……

——西南联大校歌

日寇侵华，平津沦陷，北大、清华、南开被迫南迁，组成一个大学，在长沙暂住，名为"临时大学"。后迁云南，改名"国立西南联合大学"，简称"西南联大"。这是一座战时的，临时性的大学，但却是一个产生天才，影响深远，可以彪炳于世界大学之林，与牛津、剑桥、哈佛、耶鲁平列而无愧色的，窄陋而辉煌的，奇迹一样的，"空前绝后"的大学。喔，我的母校，我的西南联大！

像蜜蜂寻找蜜源一样飞向昆明的大学生，大概有几条路径。

一条是陆路。三校部分同学组成"西南旅行团"，由北平出发，走向大西南。一路夜宿晓行，埋锅造饭，过的完全是军旅生活。他们的"着装"是短衣，打绑腿，布条编的草鞋，背负薄薄的一卷行李，行李卷上横置一把红油纸伞，有点像后来的大串联的红卫兵。除了摆渡过河外，全是徒步。自北平至昆明，全程三千五百里，算得是一个壮举。旅行团有部分教授参加，闻一多先生就是其中之一。闻先生一路画了不少铅笔速写。其时闻先生已经把胡子留起来了，——闻先生曾发愿：抗战不胜，誓不剃须！

另一路是海程。由天津或上海搭乘怡和或太古轮船，经香港，到越南海防，然后坐滇越铁路火车，由老街入境，至昆明。

有意思的是，轮船上开饭，除了白米饭之外，还有一箩高粱米饭。这是给东北学生预备的。吃高粱米饭，就咸鱼、小虾，可以使"我的家在东北松花江上"的流亡学生得到一点安慰，这种举措很有人情味。

我们在上海就听到滇越路有瘴气，易得恶性疟疾，沿路的水不能喝，于是带了好多瓶矿泉水。当时的矿泉水是从法国进口的，很贵。

没有想到恶性疟疾照顾上了我！到了昆明，就发了病，高烧超过四十度，进了医院，医生就给我打了强心针（我还跟护士开玩笑，问"要不要写遗书？"）。用的药是606，我赶快声明：我没有生梅毒！

出了院，晕晕乎乎地参加了全国统一招生考试。上帝保佑，竟以第一志愿被录取，我当时真是像做梦一样。

当时到昆明来考大学的，取道各有不同。

有一位历史系姓刘的同学是自己挑了一担行李，从家乡河南一步一步走来的。这人的样子完全是一个农民，说话乡音极重，而且四年不改。

有一位姓应的物理系的同学，是在西康买了一头毛驴，一路骑到昆明来的。此人精瘦，外号"黑鬼"，宁波人。

这样的莘莘学子，不远千里，从四面八方奔到昆明来，考入西南联大，他们来干什么，寻找什么？

大部分同学是来寻找真理，寻找智慧的。

也有些没有明确目的，糊里糊涂的。我在报考申请书上填了西南联大，只是听说这三座大学，尤其是北大的学风是很自由的，学生上课、考试，都很随便，可以吊儿郎当。我就是冲着吊儿郎当来的。

我寻找什么？

寻找潇洒。

斯是陋室

西南联大的校舍很分散，很多处是借用昆明原有的房屋——学校、祠堂。自建的，集中，成片的校舍叫"新校舍"。

新校舍大门南向，进了大门是一条南北大路。这条路是土路，下雨天滑不留足，摔倒的人很多。这条土路把新校舍划分成东西两区。

西边是学生宿舍，土墙，草顶。土墙上开了几个方洞，方洞上竖了几根不去皮的树棍，便是窗户。挨着土墙排了一列双人木床，一边十张，一间宿舍可住四十人，桌椅是没有的。两个装肥皂的大箱摞起来，既是书桌，也是衣柜。昆明不知道哪里来的那么多肥皂箱，很便宜，男生女生多数都有这样一笔"财产"。有的同学在同一宿舍中一住四年不挪窝，也有占了一个床位却不来住的。有的不是这个大学的，却住在这里。有一位，姓曹，是同济大学的，学的是机械工程，可是他从来不到同济大学去上课，却从早到晚趴在木箱上写小说。有些同学成天在一起，乐数晨夕，堪称知己。也有老死不相往来，几乎等于不认识的。我和那位姓刘的历史系同学就是这样，我们俩同睡一张木床，他住上铺，我住下铺，却很少见面。他是个很守规矩，很用功的人，每天按时作息。

我是个夜猫子，每天在系图书馆看一夜书，即天亮才回宿舍。等我回屋就寝时，他已经在校园树下苦读英文了。

大路的东侧，是大图书馆。这是新校舍唯一的一座瓦顶的建筑。每天一早，就有人等在门外"抢图书馆"，——抢位置，抢指定参考书。大图书馆藏书不少，但指定参考书总是不够用的。

每月月初要在这里开一次"国民精神总动员月会"，简称"国民月会"。把图书馆大门关上，钉了两面交叉的党国旗，便是会场。所谓月会，就是由学校的负责人讲一通话。讲的次数最多的是梅贻琦，他当时是主持日常校务的校长（北大校长蒋梦麟、南开校长张伯苓）。梅先生相貌清癯，人很严肃，但讲话有时很幽默。有一个时期昆明闹霍乱，梅先生告诫学生不要在外面乱吃，说："有同学说'我在外面乱吃了好多次，也没有得一次霍乱'，同学们！这种事情是不能有第二次的。"

更东，是教室区。土墙，铁皮屋顶（涂了绿漆）。下起雨来，铁皮屋顶被雨点打得乒乒乓乓地响，让人想起王禹偁的《黄岗竹楼记》。

这些教室方向不同，大小不一，里面放了一些一边有一块平板，可以在上面记笔记的木椅，都是本色，不漆油漆。木椅的设计可能还是从美国传来的，我在爱荷华、耶鲁都看见过。这种椅子的好处是不固定，可以从这个教室到那个教室任意搬来搬去。吴宓（雨僧）先生讲《红楼梦》，一看下面有女生还站着，就放下手杖，到别的教室去搬椅子。于是一些男同学就也赶紧到别的教室去搬椅子。到宝姐姐、林妹妹都坐下了，吴先生才开始讲。

这样的陋室之中，却培养了很多优秀的人才。

联大五十周年校庆时，校友从各地纷纷返校。一位从国外赶回来的老同学（是个男生），进了大门就跪在地下放声大哭。

前几年我重回昆明，到新校舍旧址（现在是云南师范大学）看了看，全都变了样，什么都没有了，只有东北角还保存了一间铁皮屋顶的教室，也岌岌可危了。

不衫不履

联大师生服装各异，但似乎又有一种比较一致的风格。

女生的衣着是比较整洁的。有的有几件华贵的衣服，那是少数军阀商人的小姐。但是她们也只是参加Party时才穿，上课时不会穿得花里胡哨的。一般女生都是一身阴丹士林旗袍，上身套一件红毛衣。低年级的女生爱穿"工裤"，——劳动布的长裤，上面有两条很宽的带子，白色或浅花的衬衫。这大概本是北京的女中学生流行的服装，这种风气被贝满等校的女生带到昆明来了。

男同学原来有些西装革履，裤线笔直的，也有穿麂皮夹克的，后来就日渐少了，绝大多数是蓝布衫，长裤。几年下来，衣服破旧，就想各种办法"弥补"，如贴一张橡皮膏之类。有人裤子破了洞，不会补，也无针线，就找一根麻筋，把破洞结了一个疙瘩。这样的疙瘩名士不止一人。

教授的衣服也多残破了。闻一多先生有一个时期穿了一件一个亲戚送给他的灰色夹袍，式样早就过时，领子很高，袖子很窄。朱自清先生的大衣破得不能再穿，就买了一件云南赶马人穿的深蓝鲑毡的一口钟（大概就是彝族察尔瓦）披在身上，远看有点像一个侠客。有一个女生从南院（女生宿舍）到新校舍去，天已经黑了，路上没有人，她听到后面有"梯里突鲁"的脚步声，以为是坏人追了上来，很紧张。回头一看，是化学教授曾昭抡。他穿了一双空前（露着脚趾）绝后鞋（后跟烂了，提不起来，只能半趿着），因此发出"梯里突鲁"的声音。

联大师生破衣烂衫，却每天孜孜不倦地做学问，真是穷且益坚，不坠青云之志，这种精神，人天可感。

当时"下海"的，也有。有的学生跑仰光、腊戍，趸卖"玻璃丝袜""旁氏口红"；有一个华侨同学在南屏街开了一家很大的咖啡馆，那是极少数。

采薇

大学生大都爱吃，食欲很旺，有两个钱都吃掉了。

初到昆明，带来的盘缠尚未用尽，有些同学和家乡邮汇尚通，不时可以得到接济，一到星期天就出去到处吃馆子。汽锅鸡、过桥米线、新亚饭店的过油肘子、东月楼的锅贴乌鱼、映时春的油淋鸡、小西门马家牛肉馆的牛肉、厚德福的铁锅蛋、松鹤楼的乳腐肉、"三六九"（一家上海面馆）的大排骨面，全都吃了一个遍。

钱逐渐用完了，吃不了大馆子，就只能到米线店里吃米线、饵块。当时米线的浇头很多，有焖鸡（其实只是酱油煮的小方块瘦肉，不是鸡）、爨肉（即肉末，音川，云南人不知道为什么爱写这样一个笔画繁多的怪字）、鳝鱼、叶子（油炸肉皮煮软，有的地方叫"响皮"，有的地方叫"假鱼肚"）。米线上桌，都加很多辣椒，——"要解馋，辣加咸"。如果不吃辣，进门就得跟堂倌说："免红！"

到连吃米线、饵块的钱也没有的时候，便只有老老实实到新校舍吃大食堂的"伙食"。饭是"八宝饭"，通红的糙米，里面有沙子、木屑、老鼠屎。菜，偶尔有一碗回锅肉、炒猪血（云南谓之"旺子"），常备的菜是盐水煮芸豆，还有一种叫"魔芋豆腐"的紫灰色的，烂糊糊的淡而无味的奇怪东西。有一位姓郑的同学告诫同学，饭后不可张嘴——恐怕飞出只鸟来！

一九四四年，我在黄土坡一个中学教了两个学期。这个中学是联大同学办的，没有固定经费，薪水很少，到后来连一点极少的薪水也发不出来，校长（也是同学）只能设法弄一点米来，让教员能吃上饭。菜，对不起，想不出办法。学校周围有很多野菜，我们就吃野菜。校工老鲁是我们的技术指导。老鲁是山东人，原是个老兵，照他说，可吃的野菜简直太多了，但我们吃得最多的是野苋菜（比园种的家苋菜味浓）、灰菜（云南叫做灰藋菜，"藋"字见于《庄子》，是个很古的字），还有一种样子像一根鸡毛掸子的扫帚苗。野菜吃得我们真有些面有菜色了。

有一个时期附近小山上柏树林里飞来很多硬壳昆虫，黑色，形状略似金龟子。老鲁说这叫豆壳虫，是可以吃的，好吃！他捉了一些，撕去硬翅，在锅里干爆了，撒了一点花椒盐，就起酒来。在他的示范下，我们也爆了一盘，闭着眼睛尝了尝，果然好吃，有点像盐爆虾，而且有一股柏树叶的清香，——这种昆虫只吃柏树叶，别的树叶不吃。于是我们有了就酒的酒菜和下饭的荤菜。这玩意儿多得很，一会儿的工夫就能捉一大瓶。

要写一写我在昆明吃过的东西，可以写一大本，撮其大要写了一首打油诗。怕读者看不明白，加了一些注解，诗曰：

重升肆里陶杯绿，

饵块摊头炭火红。

正义路边养正气，

小西门外试撩青。

人间至味干巴菌，

世上馋人大学生。

尚有灰藋堪漫吃，

更循柏叶捉昆虫。

一束光阴付苦茶

昆明的大学生（男生）不坐茶馆的大概没有。不可一日
无此君，有人一天不喝茶就难受。有人一天喝到晚，可称为
"茶仙"。茶仙大抵有两派。一派是固定茶座。有一位姓陆
的研究生，每天在一家茶馆里喝三遍茶，早、午、晚。他的
牙刷、毛巾、洗脸盆就放这家茶馆里，一起来就上茶馆。另
一派是流动茶客。有一姓朱的，也是研究生，他爱到处遛，
腿累了就走进一家茶馆，坐下喝一气茶。全市的茶馆他都喝
遍了。他不但熟悉每一家茶馆，并且知道附近哪是公共厕所，
喝足了茶可以小便，不至被尿憋死。

关于喝茶，我写过一篇《泡茶馆》，已经发表过，写得
相当详细，不再重复，有诗为证：

水厄囊空亦可赊，

枯肠三碗嗑葵花。

昆明七载成何事？

一束光阴付苦茶。

水流云在

云南人对联大学生很好，我们对云南、对昆明也很有感情。我们为云南做了一些什么事，留下一点什么？

有些联大师生为云南做了一些有益的实事，比如地质系师生完成了《云南矿产普查报告》，生物系师生写出了《中国植物志·云南卷》的长编初稿，其他还有多少科研成果，我不大知道，我不是搞科研的。

比较明显的，普遍的影响是在教育方面。联大学生在中学兼课的很多，连闻一多先生都在中学教过国文，这对昆明中学生学业成绩的提高，是有很大作用的。

更重要的是使昆明学生接受了民主思想，呼吸到独立思考，学术自由的空气，使他们为学为人都比较开放，比较新鲜活泼。这是精神方面的东西，是抽象的，是一种气质，一种格调，难于确指，但是这种影响确实存在。如云如水，水流云在。

我的梦，我的青春！——自传之二

郁达夫 / 文

不晓得是在哪一本俄国作家的作品里，曾经看到过一段写一个小村落的文字，他说："譬如有许多纸折起来的房子，摆在一段高的地方，被大风一吹，这些房子就歪歪斜斜地飞落到了谷里，紧挤在一道了。"前面有一条富春江绕着，东西北的三面尽是些小山包住的富阳县城，也的确可以借了这一段文字来形容。

虽则是一个行政中心的县城，可是人家不满三千，商店不过百数；一般居民，全不晓得做什么手工业，或其他新式的生产事业，所靠以度日的，有几家自然是祖遗的一点田产，有几家则专以小房子出租，在吃两元三元一月的租金；而大多数的百姓，却还是既无恒产，又无恒业，没有目的，没有计划，只同蟑螂似的在那里出生，死亡，繁殖下去。

这些蟑螂的密集之区，总不外乎两处地方；一处是三个铜子一碗的茶店，一处是六个铜子一碗的小酒馆。他们在那里从早晨坐起，一直可以坐到晚上上排门的时候；讨论柴米油盐的价格，传播东邻西舍的新闻，为了一点不相干的细事，譬如说吧，甲以为李德泰的煤油只卖三个铜子一提，乙以为是五个铜子两提的话，双方就会得争论起来；此外的人，也马上分成甲党或乙党提出证据，互相论辩；弄到后来，也许相打起来，打得头破血流，还不能够解决。

因此，在这么小的一个县城里，茶店酒馆，竟也有五六十家之多；于是大部分的蟑螂，就家里可以不备面盆手巾，桌椅板凳，饭锅碗筷等日常用具，而悠悠地生活过去了。离我们家里不远的大江边上，就有这样的两处蟑螂之窟。

在我们的左面，住有一家砍砍柴，卖卖菜，人家死人或娶亲，去帮帮忙跑跑腿的人家。他们的一族，男女老小的人数很多很多，而住的那一间屋，却只比牛栏马槽大了一点。他们家里的顶小的一位苗裔年纪比我大一岁，名字叫阿千，冬天穿的是同伞似的一堆破絮，夏天，大半身是光光地裸着的；因而皮肤黝黑，臂膀粗大，脸上也像是生落地之后，只洗了一次的样子。他虽只比我大了一岁，但是跟了他们屋里的大人，茶店酒馆日日去上，婚丧的人家，也老在进出；打起架吵起嘴来，尤其勇猛。我每天见他从我们的门口走过，心里老在羡慕，以为他又上茶店酒馆去了，我要到什么时候，才可以同他一样的和大人去夹在一道呢！而他的出去和回来，不管是在清早或深夜，我总没有一次不注意到的，因为他的喉音很大，有时候一边走着，一边在绝叫着和大人谈天，若只他一个人的时候哩，总在噜苏地唱戏。

当一天的工作完了，他跟了他们家里的大人，一道上酒店去的时候，看见我欣羡地立在门口，他原也曾邀约过我；但一则怕母亲要骂，二则胆子终于太小，经不起那些大人的盘问笑说，我总是微笑着摇摇头，就跑进屋里去躲开了，为的是上茶酒店去的诱惑性，实在强不过。

有一天春天的早晨，母亲上父亲的坟头去扫墓去了，祖母也一侵早上了一座远在三四里路外的庙里去念佛。翠花在灶下收拾早餐的碗筷，我只一个人立在门口，看有淡云浮着的青天。忽而阿千唱着戏，背着钩刀和小扁担绳索之类，从他的家里出来，看了我的那种没精打采的神气，他就立了下来和我谈天，并且说：

"鹳山后面的盘龙山上，映山红开得多着哩；并且还有乌米饭（是一种小黑果子），彤管子（也是一种刺果），刺莓等等，你跟了我来吧，我可以采一大堆给你。你们奶奶，不也在北面山脚下的真觉寺里念佛么？等我砍好了柴，我就可以送你上寺里去吃饭去。"

阿千本来是我所崇拜的英雄，而这一回又只有他一个人去砍柴，天气那么的好，今天侵早祖母出去念佛的时候，我本是嚷着要同去的，但她因为怕我走不动，就把我留下了。现在一听到了这一个提议，自然是心里急跳了起来，两只脚便也很轻松地跟他出发了，并且还只怕翠花要出来阻挠，跑路跑得比平时只有得快些。出了弄堂，向东沿着江，一口气跑出了县城之后，天地宽广起来了，我的对于这一次冒险的惊惧之心就马上被大自然的威力所压倒。这样问问，那样谈谈，阿千真像是一部小小的自然界的百科大辞典；而到盘龙山脚去的一段野路，便成了我最初学自然科学的模范小课本。

麦已经长得有好几尺高了，麦田里的桑树，也都发出了绒样的叶芽。晴天里舒叔叔的一声飞鸣过去的，是老鹰在觅食；树枝头吱吱喳喳，似在打架又像是在谈天的，大半是麻雀之类；远处的竹林丛里，既有抑扬，又带余韵，在那里歌唱的，才是深山的画眉。

上山的路旁，一拳一拳像小孩子的拳头似的小草，长得很多；拳的左右上下，满长着了些绛黄的绒毛，仿佛是野生的虫类，我起初看了，只在害怕，走路的时候，若遇到一丛，总要绕一个弯，让开它们，但阿千却笑起来了，他说：

"这是薇蕨，摘了去，把下面的粗干切了，炒起来吃，味道是很好的哩！"

渐走渐高了，山上的青红杂色，迷乱了我的眼目。日光直射在山坡上，从草木泥土里蒸发出来的一种气息，使我呼吸感到了困难；阿千也走得热起来了，把他的一件破夹袄一脱，丢向了地下，教我在一块大石上坐下息着，他一个人穿了一件小衫唱着戏去砍柴采野果去了；我回身立在石上，向大江一看，又深深地深深地得到了一种新的惊异。

这世界真大呀！那宽广的水面！那澄碧的天空！那些上下的船只，究竟是从哪里来，上哪里去的呢？

我一个人立在半山的大石上，近看看有一层阳炎在颤动着的绿野桑田，远看看天和水以及淡淡的青山，渐听得阿千的唱戏声音幽下去远下去了，心里就莫名其妙的起了一种渴望与愁思。我要到什么时候才能大起来呢？我要到什么时候才可以到这像在天边似的远处去呢？到了天边，那么我的家呢？我的家里的人呢？同时感到了对远处的遥念与对乡井的离愁，眼角里便自然而然地涌出了热泪。到后来，脑子也昏乱了，眼睛也模糊了，我只呆呆的立在那块大石上的太阳里做幻梦。我梦见有一只揩擦得很洁净的船，船上面张着了一面很大很饱满的白帆，我和祖母母亲翠花阿千等都在船上，吃着东西，唱着戏，顺流下去，到了一处不相识的地方。我又梦见城里的茶店酒馆，都搬上山来了，我和阿千便在这山上的酒馆里大喝大嚷，旁边的许多大人，都在那里惊奇仰视。

这一种接连不断的白日之梦，不知做了多少时候，阿千却背了一捆小小的草柴，和一包刺莓映山红乌米饭之类的野果，回到我立在那里的大石边来了；他脱下了小衫，光着了脊肋，那些野果就系包在他的小衫里面的。

他提议说，时候不早了，他还要砍一捆柴，且让我们吃着野果，先从山腰走向后山去罢，因为前山的草柴，已经被人砍完，第二捆不容易采刮拢来了。

慢慢地走到了山后，山下的那个真觉寺的钟鼓声音，早就从春空里传送到了我们的耳边，并且一条青烟，也刚从寺后的厨房里透出了屋顶。向寺里看了一眼，阿千就放下了那捆柴，对我说：

"他们在烧中饭了，大约离吃饭的时候也不很远，我还是先送你到寺里去吧！"

我们到了寺里，祖母和许多同伴者的念佛婆婆，都张大了眼睛，惊异了起来。阿千走后，她们就开始问我这一次冒险的经过，我也感到了一种得意，将如何出城，如何和阿千上山采集野果的情形，说得格外的详细。后来坐上桌去吃饭的时候，有一位老婆婆问我："你大了，打算去做些什么？"我就毫不迟疑地回答她说："我愿意去砍柴！"

故乡的茶店酒馆，到现在还在风行热闹，而这一位茶店酒馆里的小英雄，初次带我上山去冒险的阿千，却在一年涨大水的时候，喝醉了酒，淹死了。他们的家族，也一个个地死的死，散的散，现在没有生存者了；他们的那一座牛栏似的房屋，已经换过了两三个主人。时间是不饶人的，盛衰起灭也绝对地无常的：阿千之死，同时也带去了我的梦，我的青春！

"五四"给了我什么

老舍 / 文

因家贫，我在初级师范学校毕业后就去挣钱养家，不能升学。在"五四"运动的时候，我正作一个小学校的校长。

以我这么一个中学毕业生（那时候，中学是四年毕业，初级师范是五年毕业），既没有什么学识，又须挣钱养家，怎么能够一来二去地变成作家呢？这就不能不感谢"五四"运动了！

假若没有"五四"运动，我很可能终身作这样的一个人：兢兢业业地办小学，恭恭顺顺地侍奉老母，规规矩矩地结婚生子，如是而已。我绝对不会忽然想起去搞文艺。

这并不是说，作家比小学校校长的地位更高，任务更重；一定不是！我是说，没有"五四"，我不可能变成个作家。"五四"给我创造了当作家的条件。

首先是：我的思想变了。"五四"运动是反封建的。这样，以前我以为对的，变成了不对。我幼年入私塾，第一天就先给孔圣人的木牌行三跪九叩的大礼；后来，每天上学下学都要向那牌位作揖。到了"五四"，孔圣人的地位大为动摇。既可以否定孔圣人，那么还有什么不可否定的呢？他是大成至圣先师啊！这一下子就打乱了二千年来的老规矩。这可真不简单！我还是我，可是我的心灵变了，变得敢于怀疑孔圣人了！这还了得！假若没有这一招，不管我怎么爱好文艺，我也不会想到跟才子佳人、鸳鸯蝴蝶有所不同的题材，也不敢对老人老事有任何批判。"五四"运动送给了我一双新眼睛。

其次是："五四"运动是反抗帝国主义的。自从我在小学读书的时候，我就知道了国耻。可是，直到"五四"，我才知道一些国耻是怎么来的，而且知道了应该反抗谁和反抗什么。以前，我常常听说"中国不亡，是无天理"这类的泄气话，而且觉得不足为怪。看到了"五四"运动，我才懂得了"天下兴亡，匹夫有责"。这运动使我看见了爱国主义的具体表现，明白了一些救亡图存的初步办法。反封建使我体会到人的尊严，人不该作礼教的奴隶；反帝国主义使我感到中国人的尊严，中国人不该再作洋奴。这两种认识就是我后来写作的基本思想与情感。虽然我写的并不深刻，可是若没有"五四"运动给了我这点基本东西，我便什么也写不出了。这点基本东西迫使我非写不可，也就是非把封建社会和帝国主义所给我的苦汁子吐出来不可！这就是我的灵感，一个献身文艺写作的灵感。

最后，"五四"运动也是个文艺运动。白话已成为文学的工具。这就打断了文人腕上的锁铐——文言。不过，只运用白话并不能解决问题。没有新思想，新感情，用白话也可以写出非常陈腐的东西。新的心灵得到新的表现工具，才能产生内容与形式一致新颖的作品。"五四"给了我一个新的心灵，也给了我一个新的文学语言。

感谢"五四"，它叫我变成了作家，虽然不是怎么了不起的作家。

初恋

周作人 / 文

　　那时我十四岁，她大约是十三岁罢。我跟着祖父的妾宋姨太太寄寓在杭州的花牌楼，间壁住着一家姚姓，她便是那家的女儿。她本姓杨，住在清波门头，大约因为行三，人家都称她作三姑娘。姚家老夫妇没有子女，便认她做干女儿，一个月里有二十多天住在他们家里，宋姨太太和远邻的羊肉店石家的媳妇虽然很说得来，与姚宅的老妇却感情很坏，彼此都不交口，但是三姑娘并不管这些事，仍旧推进门来游嬉。她大抵先到楼上去，同宋姨太太搭讪一回，随后走下楼来，站在我同仆人阮升公用的一张板桌旁边，抱着名叫"三花"的一只大猫，看我映写陆润庠的木刻的字帖。

　　我不曾和她谈过一句话，也不曾仔细的看过她的面貌与姿态。大约我在那时已经很是近视，但是还有一层缘故，虽然非意识的对于她很是感到亲近，一面却似乎为她的光辉所掩，抬不起眼来去端详她了。在此刻回想起来，仿佛是一个尖面庞，乌眼睛，瘦小身材，而且有尖小的脚的少女，并没有什么殊胜的地方，但在我的性的生活里总是第一个人，使我于自己以外感到对于别人的爱着，引起我没有明了的性之概念的，对于异性的恋慕的第一个人了。

我在那时候当然是"丑小鸭"，自己也是知道的，但最终不以此而减灭我的热情。每逢她抱着猫来看我写字，我便不自觉的振作起来，用了平常所无的努力去映写，感着一种无所希求的迷蒙的喜乐。并不问她是否爱我，或者也还不知道自己是爱着她，总之对于她的存在感到亲近喜悦，并且愿为她有所尽力，这是当时实在的心情，也是她所给我的赐物了。在她是怎样不能知道，自己的情绪大约只是淡淡的一种恋慕，始终没有想到男女关系的问题。

有一天晚上，宋姨太太忽然又发表对于姚姓的憎恨，末了说道：

"阿三那小东西，也不是好货，将来总要流落到拱辰桥去做婊子的。"

我不很明白做婊子这些是什么事情，但当时听了心里想道：

"她如果真是流落做了，我必定去救她出来。"

大半年的光阴这样的消费过了。到了七八月里因为母亲生病，我便离开杭州回家去了。一个月以后，阮升告假回去，顺便到我家里，说起花牌楼的事情，说道：

"杨家的三姑娘患霍乱死了。"

我那时也很觉得不快，想象她的悲惨的死相，但同时却又似乎很是安静，仿佛心里有一块大石头已经放下了。

我所知道的康桥

徐志摩 / 文

一

我这一生的周折，大都寻得出感情的线索。不论别的，单说求学。我到英国是为要从罗素。罗素来中国时，我已经在美国。他那不确的死耗传到的时候，我真的出眼泪不够，还做悼诗来了。他没有死，我自然高兴。我摆脱了哥伦比亚大博士衔的引诱，买船票过大西洋，想跟这位二十世纪的福禄泰尔认真念一点书去。谁知一到英国才知道事情变样了：一为他在战时主张和平，二为他离婚，罗素叫康桥给除名了，他原来是 Trinity College 的 Fellow，一来他的 Fellowship 也给取消了。他回英国后就在伦敦住下，夫妻两人卖文章过日子。因此我也不曾遂我从学的始愿。我在伦敦政治经济学院里混了半年，正感着闷想换路走的时候，我认识了狄更生先生。

狄更生（Galsworthy Lowes Dickinson）是一个有名的作者，他的《一个中国人通信》（*Letters from John Chinaman*）与《一个现代聚餐谈话》（*A Modern Symposium*）两本小册子早得了我的景仰。我第一次会著他是在伦敦国际联盟协会席上，那天林宗孟先生演说，他做主席；第二次是在宗孟寓里吃茶，有他，以后我常到他家里去。他看出我的烦闷，劝我到康桥去，他自己是王家学院（Kings College）的 Fellow。我就写信去问两个学院，回信都说学额早满了，随后还是狄更生先生替我去在他的学院里说好了，给我一个特别生的资格，随意选科听讲。从此黑方巾、黑披袍的风光也被我占着了。初起我在离康桥六英里的多下叫沙士顿地方租了几间小屋住下，同居的有我从前的夫人张幼仪女士与郭虞裳君。每天一早我坐街车（有时骑自行车）上学，到晚回家。这样的生活过了一个春，但我在康桥还只是个陌生人，谁都不认识，康桥的生活，可以说完全不曾尝着，我知道的只是一个图书馆，几个课室，和三两个吃便宜饭的茶食铺子。狄更生常在伦敦或是大陆上，所以也不常见他。那年的秋季我一个人回到康桥，整整有一学年，那时我才有机会接近真正的康桥生活，同时我也慢慢地"发现"了康桥。我不曾知道过更大的愉快。

二

"单独"是一个耐寻味的现象。我有时想它是任何发现的第一个条件。你要发现你的朋友的"真",你得有与他单独的机会。你要发现你自己的真,你得给你自己一个单独的机会。你要发现一个地方(地方一样有灵性),你也得有单独玩的机会。我们这一辈子,认真说,能认识几个人?能认识几个地方?我们都是太匆忙,太没有单独的机会。说实话,我连我的本乡都没有什么了解。康桥我要算是有相当交情的,再次许只有新认识的翡冷翠了。啊,那些清晨,那些黄昏,我一个人发痴似的在康桥!绝对的单独。

但一个人要写他最心爱的对象,不论是人是地,是多么使他为难的一个工作?你怕,你怕描坏了它,你怕说过分了恼了它,你怕说太谨慎了辜负了它。我现在想写康桥,也正是这样的心理,我不会写,我就知道这回是写不好的——况且又是临时逼出来的事情。但我却不能不写,上期预告已经出去了。我想勉强分两节写:一是我所知道的康桥的天然景色;一是我所知道的康桥的学生生活。我今晚只能极简的写些,等以后有兴会时再补。

三

康桥的灵性全在一条河上；康河，我敢说是全世界最秀丽的一条水。河的名字是葛兰大（Granta），也有叫康河（River Cam）的，许有上下流的区别，我不甚清楚。河身多的是曲折，上游是有名的拜伦潭（Byron's Pool），当年拜伦常在那里玩的；有一个老村子叫格兰骞斯德，有一个果子园，你可以躺在累累的桃李树荫下吃茶，花果会掉入你的茶杯，小雀子会到你桌上来啄食，那真是别有一番天地。这是上游；下游是从骞斯德顿下去，河面展开，那是春夏间竞舟的场所。上下河分界处有一个坝筑，水流急得很，在星光下听水声，听近村晚钟声，听河畔倦牛刍草声，是我康桥经验中最神秘的一种：大自然的优美、宁静，调谐在这星光与波光的默契中不期然地淹入了你的性灵。

但康河的精华是在它的中权，著名的 Backs，这两岸是几个最蜚声的学院的建筑。从上面下来是 Pembroke, St. Katharine's, King's, Clare, Trinity, St. John's。最令人留连的一节是克莱亚与王家学院的毗连处，克莱亚的秀丽紧邻着王家教堂（King's Chapel）的宏伟。别的地方尽有更美更庄严的建筑，例如巴黎赛因河的罗浮宫一带，威尼斯的利阿尔多大桥的两岸，翡冷翠维基鸟大桥的周遭；但康桥的 Backs 自有它的特长，这不容易用一二个状词来概括，它那脱尽尘埃气的一种清澈秀逸的意境可说是超出了画图而化生了音乐的神味。再没有比这一群建筑更调谐更匀称的了！论画，可比的许只有柯罗（Corot）的田野；论音乐，可比的许只有萧班（Chopin）的夜曲。就这也不能给你依稀的印象，它给你的美感简直是神灵性的一种。

假如你站在王家学院桥边的那棵大椈树荫下眺望，右侧面，隔着一大方浅草坪，是我们的校友居（Fellows Building），那年代并不早，但它的妩媚也是不可掩的，它那苍白的石壁上春夏间满缀着艳色的蔷薇在和风中摇颤。更移左是那教堂，森林似的尖阁不可溅的永远直指着天空；更左是克莱亚，啊！那不可信的玲珑的方庭，谁说这不是圣克莱亚（St. Clare）的化身，那一块石上不闪耀着她当年圣洁的精神？在克莱亚后背隐约可辨的是康桥最潢贵最骄纵的三清学院（Trinity），它那临河的图书楼上坐镇着拜伦神采惊人的雕像。

但这时你的注意早已叫克莱亚的三环洞桥魔术似的摄住。你见过西湖白堤上的西泠断桥不是（可怜它们早已叫代表近代丑恶精神的汽车公司给踩平了，现在它们跟着苍凉的雷峰永远辞别了人间）？你忘不了那桥上斑驳的苍苔，木栅的古色，与那桥拱下泄露的湖光与山色不是？克莱亚并没有那样体面的衬托，它也不比庐山栖贤寺旁的观音桥，上瞰五老的奇峰，下临深潭与飞瀑；它只是怯怜怜的一座三环洞的小桥，它那桥洞间也只掩映着细纹的波鳞与婆娑的树影，它那桥上櫛比的小穿阑与阑节顶上双双的白石球，也只是村姑子头上不夸张的香草与野花一类的装饰；但你凝神的看着，更凝神的看着，你再反省你的心境，看还有一丝屑的俗念沾滞不？只要你审美的本能不曾汩灭时，这是你的机会实现纯粹美感的神奇！

但你还得选你赏鉴的时辰。英国的天时与气候是走极端的。冬天是荒谬的坏，逢著连绵的雾盲天你一定不迟疑的甘愿进地狱本身去试试；春天（英国是几乎没有夏天的）是更荒谬的可爱，尤其是它那四五月间最渐缓最艳丽的黄昏，那才真是寸寸黄金。在康河边上过一个黄昏是一般灵魂的补剂。啊！我那时蜜甜的单独，那时蜜甜的闲暇。一晚又一晚的，只见我出神似的倚在桥阑上向西天凝望：

看一回凝静的桥影，

数一数螺细的波纹：

我倚暖了石阑的青苔，

青苔凉透了我的心坎；

……

还有几句更笨重的怎能仿佛那游丝似轻妙的情景：

难忘七月的黄昏，远树凝寂，

像墨泼的山形，衬出轻柔暝色，

密稠稠，七分鹅黄，三分橘绿，

那妙意只可去秋梦边缘捕捉；

……

四

这河身的两岸都是四季常青最葱翠的草坪。从校友居的楼上望去，对岸草场上，不论早晚，永远有十数匹黄牛与白马，胫蹄没在恣蔓的草丛中，从容的在咬嚼，星星的黄花在风中动荡，应和着它们尾鬃的扫拂。桥的两端有斜倚的垂柳与掬荫护住。水是澈底的清澄，深不足四尺，匀匀地长着长条的水草，这岸边的草坪又是我的爱宠，在清朝，在傍晚，我常去这天然的织锦上坐地，有时读书，有时看水；有时仰卧着看天空的行云，有时反仆着搂抱大地的温软。

但河上的风流还不止两岸的秀丽。你得买船去玩。船不止一种：有普通的双桨划船，有轻快的薄皮舟（Canoe），有最别致的长形撑篙船（Punt）。最末的一种是别处不常有的：约莫有二丈长，三尺宽，你站直在船梢上用长竿撑着走的。这撑是一种技术。我手脚太蠢，始终不曾学会。你初起手尝试时，容易把船身横住在河中，东颠西撞的狼狈。英国人是不轻易开口笑人的，但是小心他们不出声的皱眉！也不知有多少次河中本来优闲的秩序叫我这莽撞的外行给捣乱了。我真的始终不曾学会；每回我不服输跑去租船再试的时候，有一个白胡子的船家往往带讥讽地对我说："先生，这撑船费劲，天热累人，还是拿个薄皮舟溜溜吧！"我哪里肯听话，长篙子一点就把船撑了开去，结果还是把河身一段段的腰斩了去。

你站在桥上去看人家撑，那多不费劲，多美！尤其在礼拜天有几个专家的女郎，穿一身缟素衣服，裙裾在风前悠悠的飘着，戴一顶宽边的薄纱帽，帽影在水草间颤动，你看她们出桥洞时的姿态，捻起一根竟像没分量的长竿，只轻轻的，不经心的往波心里一点，身子微微的一蹲，这船身便波的转出了桥影，翠条鱼似的向前滑了去。她们那敏捷，那闲暇，那轻盈，真是值得歌咏的。

在初夏阳光渐暖时你去买一支小船，划去桥边荫下躺着念你的书或是做你的梦，槐花香在水面上飘浮，鱼群的唼喋声在你的耳边挑逗。或是在初秋的黄昏，近着新月的寒光，望上流僻静处远去。爱热闹的少年们携着他们的女友，在船沿上支着双双的东洋彩纸灯，带著话匣子，船心里用软垫铺着，也开向无人迹处去享他们的野福——谁不爱听那水底翻的音乐在静定的河上描写梦意与春光！

住惯城市的人不易知道季候的变迁。看见叶子掉知道是秋，看见叶子绿知道是春；天冷了装炉子，天热了拆炉子；脱下棉袍，换上夹袍，脱下夹袍，穿上单袍；不过如此罢了。天上星斗的消息，地下泥土里的消息，空中风吹的消息，都不关我们的事。忙着哪，这样那样事情多着，谁耐烦管星星的移转，花草的消长，风云的变幻？同时我们抱怨我们的生活，苦痛，烦闷，拘束，枯燥，谁肯承认做人是快乐？谁不多少间咒诅人生？

但不满意的生活大都是由于自取的。我是一个生命的信仰者，我信生活决不是我们大多数人仅仅从自身经验推得的那样暗惨。我们的病根是在"忘本"。人是自然的产儿，就好比枝头的花与鸟是自然的产儿；但我们不幸是文明人，入世深似一天，离自然远似一天，离开了泥土的花草，离开了水的鱼，能快活吗？能生存吗？从大自然，我们取得我们的生命；从大自然，我们应分取得我们继续的滋养。那一株婆娑的大木没有盘错的根柢深入在无尽藏的地里？我们是永远不能独立的。有幸福是永远不离母亲抚育的孩子，有健康是永远接近自然的人们。不必一定与鹿豕游，不必一定回"洞府"去；为医治我们当前生活的枯窘，只要"不完全遗忘自然"一张轻淡的药方我们的病象就有缓和的希望。在青草里打几个滚，到海水里洗几次浴，到高处去看几次朝霞与晚照——你肩背上的负担就会轻松了去的。

这是极肤浅的道理，当然。但我要没有过过康桥的日子，我就不会有这样的自信，我一辈子就只那一春，说也可怜，算是不曾虚度。就只那一春，我的生活是自然的，是真愉快的！（虽则碰巧那也是我最感受人生痛苦的时期。）我那时有的是闲暇，有的是自由，有的是绝对单独的机会。说也奇怪，竟像是第一次，我辨认了星月的光明，草的青，花的香，流水的殷勤。我能忘记那初春的睥睨吗？曾经有多少个清晨我独自冒着冷去薄霜铺地的林子里闲步——为听鸟语，为盼朝阳，为寻泥土里渐次苏醒的花草，为体会最微细最神妙的春信。啊，那是新来的画眉在那边凋不尽的青枝上试它的新声！啊，这是第一朵小雪球花挣出了半冻的地面！啊，这不是新来的潮润沾上了寂寞的柳条？

　　静极了，这朝来水溶溶的大道，只远处牛奶车的铃声，点缀这周遭的沈默，顺着这大道走去，走到尽头，再转入林子里的小径，往烟雾浓密处走去，头顶是交枝的榆荫，透露着漠楞楞的曙色；再往前走去，走尽这林子，当前是平坦的原野，望见了村舍，初青的麦田，更远三两个馒形的小山掩住了一条通道。天边是雾茫茫的，尖尖的黑影是近村的教寺。听，那晓钟和缓的清音。这一带是此邦中部的平原，地形像是海里的轻波，默沈沈的起伏；山岭是望不见的，有的是常青的草原与沃腴的田壤。登那土阜上望去，康桥只是一带茂林，拥戴着几处娉婷的尖阁。妩媚的康河也望不见踪迹，你只能循着那锦带似的林木想象那一流清浅。村舍与树林是这地盘上的棋子，有村舍处有佳荫，有佳荫处有村舍。这早起是看炊烟的时辰：朝雾渐渐地升起，揭开了这灰苍苍的天幕

（最好是微霡后的光景），远近的炊烟，成丝的，成缕的，成卷的，轻快的，迟重的，浓灰的，淡青的，惨白的，在静定的朝气里渐渐的上腾，渐渐的不见，仿佛是朝来人们的祈祷，参差的翳入了天厅。朝阳是难得见的，这初春的天气。但它来时是起早人莫大的愉快。顷刻间这田野添深了颜色，一层轻纱似的金粉糁上了这草，这树，这通道，这庄舍。顷刻间这周遭弥漫了清晨富丽的温柔。顷刻间你的心怀也分润了白天诞生的光荣。"春"！这胜利的晴空仿佛在你的耳边私语。"春"！你那快活的灵魂也仿佛在那里回响。

…………

伺候着河上的风光，这春来一天有一天的消息。关心石上的苔痕，关心败草里的花鲜，关心这水流的缓急，关心水草的滋长，关心天上的云霞，关心新来的鸟语。怯怜怜的小雪球是探春信的小使。铃兰与香草是欢喜的初声。窈窕的莲馨，玲珑的石水仙，爱热闹的克罗克斯，耐辛苦的蒲公英与雏菊——这时候春光已是烂漫在人间，更不须殷勤问讯。

瑰丽的春放。这是你野游的时期。可爱的路政，这里不比中国，那一处不是坦荡荡的大道？徒步是一个愉快，但骑自转车是一个更大的愉快，在康桥骑车是普遍的技术；妇人，稚子，老翁，一致享受这双轮舞的快乐。（在康桥听说自转车是不怕人偷的，就为人人都自己有车，没人要偷。）任你选一个方向，任你上一条通道，顺着这带草味的和风，放轮远去，保管你这半天的逍遥是你性灵的补剂。这道上有的是清荫与美草，随地都可以供你休憩。你如爱花，这里多的是锦绣似的草原。你如爱鸟，这里多的是巧啭的鸣禽。你如爱儿童，这乡间到处是可亲的稚子。你如爱人情，这里多的是不嫌远客的乡人，你到处可以"挂单"借宿，有酪浆与嫩薯供你饱餐，有夺目的果鲜恣你尝新。你如爱酒，这乡间每"望"都为你储有上好的新酿，黑啤如太浓，苹果酒、姜酒都是供你解渴润肺的。……带一卷书，走十里路，选一块清静地，看天，听鸟，读书，倦了时，和身在草绵绵处寻梦去——你能想象更适情更适性的消遣吗？

陆放翁有一联诗句："传呼快马迎新月，却上轻舆趁晚凉。"这是做地方官的风流。我在康桥时虽没马骑，没轿子坐，却也有我的风流：我常常在夕阳西晒时骑了车迎着天边扁大的日头直追。日头是追不到的，我没有夸父的荒诞，但晚景的温存却被我这样偷尝了不少。有三两幅画图似的经验至今还是栩栩的留着。只说看夕阳，我们平常只知道登山或是临海，但实际只须辽阔的天际，平地上的晚霞有时也是一样的神奇。有一次我赶到一个地方，手把着一家村庄的篱笆，隔着一大田的麦浪，看西天的变幻。有一次是正冲着一条宽广的大道，过来一大群羊，放草归来的，偌大的太阳在它们后背放射着万缕的金辉，天上却是乌青青的，只剩这不可逼视的威光中的一条大路，一群生物！我心头顿时感着神异性的压迫，我真的跪下了，对着这冉冉渐翳的金光。再有一次是更不可忘的奇景，那是临着一大片望不到头的草原，满开着艳红的罂粟，在青草里亭亭的像是万盏的金灯，阳光从褐色云里斜着过来，幻成一种异样的紫色，透明似的不可逼视，刹那间在我迷眩了的视觉中，这草田变成了……不说也罢，说来你们也是不信的！

一别二年多了，康桥，谁知我这思乡的隐忧？也不想别的，我只要那晚钟撼动的黄昏，没遮拦的田野，独自斜倚在软草里，看第一个大星在天边出现！

藤野先生

鲁迅 / 文

东京也无非是这样。上野的樱花烂熳的时节，望去确也像绯红的轻云，但花下也缺不了成群结队的"清国留学生"的速成班，头顶上盘着大辫子，顶得学生制帽的顶上高高耸起，形成一座富士山。也有解散辫子，盘得平的，除下帽来，油光可鉴，宛如小姑娘的发髻一般，还要将脖子扭几扭。实在标致极了。

中国留学生会馆的门房里有几本书买，有时还值得去一转；倘在上午，里面的几间洋房里倒也还可以坐坐的。但到傍晚，有一间的地板便常不免要咚咚咚地响得震天，兼以满房烟尘斗乱；问问精通时事的人，答道，"那是在学跳舞。"

到别的地方去看看，如何呢？

我就往仙台的医学专门学校去。从东京出发，不久便到一处驿站，写道：日暮里。不知怎地，我到现在还记得这名目。其次却只记得水户了，这是明的遗民朱舜水先生客死的地方。仙台是一个市镇，并不大；冬天冷得厉害；还没有中国的学生。

大概是物以希为贵罢。北京的白菜运往浙江，便用红头绳系住菜根，倒挂在水果店头，尊为"胶菜"；福建野生着的芦荟，一到北京就请进温室，且美其名曰"龙舌兰"。我到仙台也颇受了这样的优待，不但学校不收学费，几个职员还为我的食宿操心。我先是住在监狱旁边一个客店里的，初冬已经颇冷，蚊子却还多，后来用被盖了全身，用衣服包了头脸，只留两个鼻孔出气。在这呼吸不息的地方，蚊子竟无从插嘴，居然睡安稳了。饭食也不坏。但一位先生却以为这客店也包办囚人的饭食，我住在那里不相宜，几次三番，几次三番地说。我虽然觉得客店兼办囚人的饭食和我不相干，然而好意难却，也只得别寻相宜的住处了。于是搬到别一家，离监狱也很远，可惜每天总要喝难以下咽的芋梗汤。

从此就看见许多陌生的先生，听到许多新鲜的讲义。解剖学是两个教授分任的。最初是骨学。其时进来的是一个黑瘦的先生，八字须，戴着眼镜，挟着一叠大大小小的书。一将书放在讲台上，便用了缓慢而很有顿挫的声调，向学生介绍自己道：

"我就是叫作藤野严九郎的……。"

后面有几个人笑起来了。他接着便讲述解剖学在日本发达的历史，那些大大小小的书，便是从最初到现今关于这一门学问的著作。起初有几本是线装的；还有翻刻中国译本的，他们的翻译和研究新的医学，并不比中国早。

那坐在后面发笑的是上学年不及格的留级学生，在校已经一年，掌故颇为熟悉的了。他们便给新生讲演每个教授的历史。这藤野先生，据说是穿衣服太模胡了，有时竟会忘记带领结；冬天是一件旧外套，寒颤颤的，有一回上火车去，致使管车的疑心他是扒手，叫车里的客人大家小心些。

他们的话大概是真的，我就亲见他有一次上讲堂没有带领结。

过了一星期，大约是星期六，他使助手来叫我了。到得研究室，见他坐在人骨和许多单独的头骨中间，——他其时正在研究着头骨，后来有一篇论文在本校的杂志上发表出来。

"我的讲义，你能抄下来么？"他问。

“可以抄一点。”

“拿来我看！”

我交出所抄的讲义去，他收下了，第二三天便还我，并且说，此后每一星期要送给他看一回。我拿下来打开看时，很吃了一惊，同时也感到一种不安和感激。原来我的讲义已经从头到末，都用红笔添改过了，不但增加了许多脱漏的地方，连文法的错误，也都一一订正。这样一直继续到教完了他所担任的功课：骨学，血管学，神经学。

可惜我那时太不用功，有时也很任性。还记得有一回藤野先生将我叫到他的研究室里去，翻出我那讲义上的一个图来，是下臂的血管，指着，向我和蔼的说道：

“你看，你将这条血管移了一点位置了。——自然，这样一移，的确比较的好看些，然而解剖图不是美术，实物是那么样的，我们没法改换它。现在我给你改好了，以后你要全照着黑板上那样的画。”

但是我还不服气，口头答应着，心里却想道：

“图还是我画的不错；至于实在的情形，我心里自然记得的。”

学年试验完毕之后，我便到东京玩了一夏天，秋初再回学校，成绩早已发表了，同学一百余人之中，我在中间，不过是没有落第。这回藤野先生所担任的功课，是解剖实习和局部解剖学。

解剖实习了大概一星期，他又叫我去了，很高兴地，仍用了极有抑扬的声调对我说道：

"我因为听说中国人是很敬重鬼的，所以很担心，怕你不肯解剖尸体。现在总算放心了，没有这回事。"

但他也偶有使我很为难的时候。他听说中国的女人是裹脚的，但不知道详细，所以要问我怎么裹法，足骨变成怎样的畸形，还叹息道，"总要看一看才知道。究竟是怎么一回事呢？"

有一天，本级的学生会干事到我寓里来了，要借我的讲义看。我检出来交给他们，却只翻检了一通，并没有带走。但他们一走，邮差就送到一封很厚的信，拆开看时，第一句是：

"你改悔罢！"

这是《新约》上的句子罢，但经托尔斯泰新近引用过的。其时正值日俄战争，托老先生便写了一封给俄国和日本的皇帝的信，开首便是这一句。日本报纸上很斥责他的不逊，爱国青年也愤然，然而暗地里却早受了他的影响了。其次的话，大略是说上年解剖学试验的题目，是藤野先生讲义上做了记号，我预先知道的，所以能有这样的成绩。末尾是匿名。

我这才回忆到前几天的一件事。因为要开同级会，干事便在黑板上写广告，末一句是"请全数到会勿漏为要"，而且在"漏"字旁边加了一个圈。我当时虽然觉到圈得可笑，但是毫不介意，这回才悟出那字也在讥刺我了，犹言我得了教员漏泄出来的题目。

我便将这事告知了藤野先生；有几个和我熟识的同学也很不平，一同去诘责干事托辞检查的无礼，并且要求他们将检查的结果，发表出来。终于这流言消灭了，干事却又竭力运动，要收回那一封匿名信去。结末是我便将这托尔斯泰式的信退还了他们。

中国是弱国，所以中国人当然是低能儿，分数在六十分以上，便不是自己的能力了：也无怪他们疑惑。但我接着便有参观枪毙中国人的命运了。第二年添教霉菌学，细菌的形状是全用电影来显示的，一段落已完而还没有到下课的时候，便影几片时事的片子，自然都是日本战胜俄国的情形。但偏有中国人夹在里边：给俄国人做侦探，被日本军捕获，要枪毙了，围着看的也是一群中国人；在讲堂里的还有一个我。

"万岁！"他们都拍掌欢呼起来。

这种欢呼，是每看一片都有的，但在我，这一声却特别听得刺耳。此后回到中国来，我看见那些闲看枪毙犯人的人们，他们也何尝不酒醉似的喝彩，——呜呼，无法可想！但在那时那地，我的意见却变化了。

到第二学年的终结，我便去寻藤野先生，告诉他我将不学医学，并且离开这仙台。他的脸色仿佛有些悲哀，似乎想说话，但竟没有说。

"我想去学生物学，先生教给我的学问，也还有用的。"其实我并没有决意要学生物学，因为看得他有些凄然，便说了一个慰安他的谎话。

"为医学而教的解剖学之类，怕于生物学也没有什么大帮助。"他叹息说。

将走的前几天，他叫我到他家里去，交给我一张照相，后面写着两个字道："惜别"，还说希望将我的也送他。但我这时适值没有照相了；他便叮嘱我将来照了寄给他，并且时时通信告诉他此后的状况。

我离开仙台之后，就多年没有照过相，又因为状况也无聊，说起来无非使他失望，便连信也怕敢写了。经过的年月一多，话更无从说起，所以虽然有时想写信，却又难以下笔，这样的一直到现在，竟没有寄过一封信和一张照片。从他那一面看起来，是一去之后，杳无消息了。

但不知怎地，我总还时时记起他，在我所认为我师的之中，他是最使我感激，给我鼓励的一个。有时我常常想：他的对于我的热心的希望，不倦的教诲，小而言之，是为中国，就是希望中国有新的医学；大而言之，是为学术，就是希望新的医学传到中国去。他的性格，在我的眼里和心里是伟大的，虽然他的姓名并不为许多人所知道。

他所改正的讲义，我曾经订成三厚本，收藏着的，将作为永久的纪念。不幸七年前迁居的时候，中途毁坏了一口书箱，失去半箱书，恰巧这讲义也遗失在内了。责成运送局去找寻，寂无回信。只有他的照相至今还挂在我北京寓居的东墙上，书桌对面。每当夜间疲倦，正想偷懒时，仰面在灯光中瞥见他黑瘦的面貌，似乎正要说出抑扬顿挫的话来，便使我忽又良心发现，而且增加勇气了，于是点上一枝烟，再继续写些为"正人君子"之流所深恶痛疾的文字。

第三章

—————

共谁争岁月

渐

丰子恺 / 文

　　使人生圆滑进行的微妙的要素，莫如"渐"；造物主骗人的手段，也莫如"渐"。在不知不觉之中，天真烂漫的孩子"渐渐"变成野心勃勃的青年；慷慨豪侠的青年"渐渐"变成冷酷的成人；血气旺盛的成人"渐渐"变成顽固的老头子。因为其变更是渐进的，一年一年地、一月一月地、一日一日地、一时一时地、一分一分地、一秒一秒地渐进，犹如从斜度极缓的长远的山坡上走下来，使人不察其递降的痕迹，不见其各阶段的境界，而似乎觉得常在同样的地位，恒久不变，又无时不有生的意趣与价值，于是人生就被确实肯定，而圆滑进行了。假使人生的进行不像山坡而像风琴的键板，由 do 忽然移到 re，即如昨夜的孩子今朝忽然变成青年；或者像旋律的"接离进行"地由 do 忽然跳到 mi，即如朝为青年而夕暮忽成老人，人一定要惊讶、感慨、悲伤，或痛感人生的无常，而不乐为人了。故可知人生是由"渐"维持的。这在女人恐怕尤为必要：歌剧中，舞台上的如花的少女，就是将来火炉旁边的老婆子，这句话，骤听使人不能相信，少女也不肯承认，实则现在的老婆子都是由如花的少女"渐渐"变成的。

人之能堪受境遇的变衰，也全靠这"渐"的助力。巨富的纨绔子弟因屡次破产而"渐渐"荡尽其家产，变为贫者；贫者只得做佣工，佣工往往变为奴隶，奴隶容易变为无赖，无赖与乞丐相去甚近，乞丐不妨做偷儿……这样的例，在小说中，在实际上，均多得很。因为其变衰是延长为十年二十年而一步一步地"渐渐"地达到的，在本人不感到什么强烈的刺激。故虽到了饥寒病苦刑答交迫的地步，仍是熙熙然贪恋着目前的生的欢喜。假如一位千金之子忽然变了乞丐或偷儿，这人一定愤不欲生了。

这真是大自然的神秘的原则，造物主的微妙的功夫！阴阳潜移，春秋代序，以及物类的衰荣生杀，无不暗合于这法则。由萌芽的春"渐渐"变成绿阴的夏；由凋零的秋"渐渐"变成枯寂的冬。我们虽已经历数十寒暑，但在围炉拥衾的冬夜仍是难于想象饮冰挥扇的夏日的心情；反之亦然。然而由冬一天一天地、一时一时地、一分一分地、一秒一秒地移向夏，由夏一天一天地、一时一时地、一分一分地、一秒一秒地移向冬，其间实在没有显著的痕迹可寻。昼夜也是如此：傍晚坐在窗下看书，书页上"渐渐"地黑起来，倘不断地看下去（目力能因了光的渐弱而渐渐加强），几乎永远可以认识书页上的字迹，即不觉昼之已变为夜。黎明凭窗，不瞬目地注视东天，也不辨自夜向昼的推移的痕迹。儿女渐渐长大起来，在朝夕相见的父母全不觉得，难得见面的远亲就相见不相识了。往年除夕，我们曾在红蜡烛底下守候水仙花的开放，真是痴态！倘水仙花果真当面开放给我们看，便是大自然的原则的破坏，宇宙的根本的摇动，世界人类的末日临到了！

"渐"的作用，就是用每步相差极微极缓的方法来隐蔽时间的过去与事物的变迁的痕迹，使人误认其为恒久不变。这真是造物主骗人的一大诡计！这有一件比喻的故事：某农夫每天朝晨抱了犊而跳过一沟，到田里去工作，夕暮又抱了它跳过沟回家。每日如此，未尝间断。过了一年，犊已渐大，渐重，差不多变成大牛，但农夫全不觉得，仍是抱了它跳沟。

有一天他因事停止工作，次日再就不能抱了这牛而跳沟了。造物的骗人，使人留连于其每日每时的生的欢喜而不觉其变迁与辛苦，就是用这个方法的。人们每日在抱了日重一日的牛而跳沟，不准停止。自己误以为是不变的，其实每日在增加其苦劳！

我觉得时辰钟是人生的最好的象征了。时辰钟的针，平常一看总觉得是"不动"的；其实人造物中最常动的无过于时辰钟的针了。日常生活中的人生也如此，刻刻觉得我是我，似乎这"我"永远不变，实则与时辰钟的针一样的无常！一息尚存，总觉得我仍是我，我没有变，还是留连着我的生，可怜受尽"渐"的欺骗！

"渐"的本质是"时间"。时间我觉得比空间更为不可思议，犹之时间艺术的音乐比空间艺术的绘画更为神秘。因为空间姑且不追究它如何广大或无限，我们总可以把握其一端，认定其一点。时间则全然无从把握，不可挽留，只有过去与未来在渺茫之中不绝地相追逐而已。性质上既已渺茫不可思议，分量上在人生也似乎太多。因为一般人对于时间的悟性，似乎只够支配搭船乘车的短时间；对于百年的长期间的寿命，他们不能胜任，往往迷于局部而不能顾及全体。试看乘火车的旅客中，常有明达的人，有的宁牺牲暂时的安乐而让其坐位于老弱者，以求心的太平（或博暂时的美誉）；有的见众人争先下车，而退在后面，或高呼"勿要轧，总有得下去的！""大家都要下去的！"然而在乘"社会"或"世界"的大火车的"人生"的长期的旅客中，就少有这样的明达之人。所以我觉得百年的寿命，定得太长。像现在的世界上的人，倘定他们搭船乘车的期间的寿命，也许在人类社会上可减少许多凶险残惨的争斗，而与火车中一样的谦让，和平，也未可知。

然人类中也有几个能胜任百年的或千古的寿命的人。那是"大人格""大人生"。他们能不为"渐"所迷，不为造物所欺，而收缩无限的时间并空间于方寸的心中。故佛家能纳须弥于芥子。中国古诗人（白居易）说："蜗牛角上争何事？石火光中寄此身。"英国诗人（Blake）也说："一粒沙里见世界，一朵花里见天国；手掌里盛住无限，一刹那便是永劫。"

作父亲

丰子恺 / 文

　　楼窗下的弄里远地传来一片声音："咿哟，咿哟……"渐近渐响起来。

　　一个孩子从算草簿中抬起头来，张大眼睛倾听一会，"小鸡！小鸡！"叫了起来。四个孩子同时放弃手中的笔，飞奔下楼，好像路上的一群麻雀听见了行人的脚步声而飞去一般。

　　我刚才扶起他们所带倒的凳子，拾起桌子上滚下去的铅笔，听见大门口一片呐喊："买小鸡！买小鸡！"其中又混着哭声。连忙下楼一看，原来元草因为落伍而狂奔，在庭中跌了一跤，跌痛了膝盖骨不能再跑，恐怕小鸡被哥哥、姐姐们买完了轮不着他，所以激烈地哭着。我扶了他走出大门口，看见一群孩子正向一个挑着一担"咿哟，咿哟"的人招呼，欢迎他走近来。元草立刻离开我，上前去加入团体，且跳且喊："买小鸡！买小鸡！"泪珠跟了他的一跳一跳而从脸上滴到地上。

孩子们见我出来，大家回转身来包围了我。"买小鸡！买小鸡！"的喊声由命令的语气变成了请愿的语气，喊得比前更响了。他们仿佛想把这些音蓄入我的身体中，希望它们由我的口上开出来。独有元草直接拉住了担子的绳而狂喊。

我全无养小鸡的兴趣；而且想起了以后的种种麻烦，觉得可怕。但乡居寂廖，绝对摒除外来的诱惑而强迫一群孩子在看惯的几间屋子里隐居这一个星期日，似也有些残忍。且让这个"咿哟，咿哟"来打破门庭的岑寂，当作长闲的春昼的一种点缀吧。我就招呼挑担的，叫他把小鸡给我们看看。

他停下担子，揭开前面的一笼。"咿哟，咿哟"的声音忽然放大。但见一个细网的下面，蠕动着无数可爱的小鸡，好像许多活的雪球。五六个孩子蹲集在笼子的四周，一齐倾情地叫着"好来！好来！"，一瞬间我的心也屏绝了思虑而没入在这些小动物的姿态的美中，体会了孩子们对于小鸡的热爱的心情。许多小手伸入笼中，竞指一只纯白的小鸡，有的几乎要隔网捉住它。挑担的忙把盖子无情地盖上，许多"咿哟，咿哟"的雪球和一群"好来，好来"的孩子就变成了咫尺天涯。孩子们怅望笼子的盖，依附在我的身边，有的伸手摸我的袋。我就向挑担的人说话：

"小鸡卖几钱一只？"

"一块洋钱四只。"

"这样小的，要卖二角半钱一只？可以便宜些否？"

"便宜勿得，二角半钱最少了。"

他说过，挑起担子就走。大的孩子脉脉含情地目送他，小的孩子拉住了我的衣襟而连叫"要买！要买！"。挑担的越走得快，他们喊得越响。我摇手止住孩子们的喊声，再向挑担的问：

"一角半钱一只卖不卖？给你六角钱买四只吧！"

"没有还价！"

他并不停步，但略微旋转头来说了这一句话，就赶紧向前面跑。"咿哟，咿哟"的声音渐渐地远起来了。

元草的喊声就变成哭声。大的孩子锁着眉头不绝地探望挑担者的背影，又注视我的脸色。我用手掩住了元草的口，再向挑担人远远地招呼：

"二角大洋一只，卖了吧！"

"没有还价！"

他说过便昂然地向前进行，悠长地叫出一声"卖——小——鸡——！"其背影便在弄口的转角上消失了。我这里只留着一个嚎啕大哭的孩子。

对门的大嫂子曾经从矮门上探头出来看过小鸡，这时候就拿着针线走出来，倚在门上，笑着劝慰哭的孩子，她说：

"不要哭！等一会儿还有担子挑来，我来叫你呢！"她又笑着向我说："这个卖小鸡的想做好生意。他看见小孩子哭着要买，越是不肯让价了。昨天坍墙圈里买的一角洋钱一只，比刚才的还大一半呢！"

我同她略谈了几句，硬拉了哭着的孩子回进门来。别的孩子也懒洋洋地跟了进来。我原想为长闲的春昼找些点缀而走出门口来的，不料讨个没趣，扶了一个哭着的孩子而回进来。庭中柳树正在骀荡的春光中摇曳柔条，堂前的燕子正在安稳的新巢上低徊软语。我们这个刁巧的挑担者和痛哭的孩子，在这一片和平美丽的春景中很不调和啊！

关上大门，我一面为元草揩拭眼泪，一面对孩子们说：

"你们大家说'好来，好来''要买，要买'，那人就不肯让价了！"

小的孩子听不懂我的话，继续抽噎着；大的孩子听了我的话若有所思。我继续抚慰他们：

　　"我们等一会再来买吧，隔壁大妈会喊我们的。但你们下次……"

　　我不说下去了。因为下面的话是"看见好的嘴上不可说好，想要的嘴上不可说要"。倘再进一步，就变成"看见好的嘴上应该说不好，想要的嘴上应该说不要"了。在这一片天真烂漫光明正大的春景中，向哪里容藏这样教导孩子的一个父亲呢？

出了象牙塔之后

梁实秋 / 文

十五年前，我还是一个没有成熟的青年。那时候我是艺术至上主义的信仰者，我觉得最丑恶的是实际人生，最美的生活是逃避现实，所以对于文学艺术发生了浓厚的兴趣。我爱李义山的诗，因为他绮丽；我爱拜伦、雪莱，因为他们豪放、超脱、浪漫。我喜欢看图画，喜欢弄音乐，喜欢月夜散步，喜欢湖旁独坐，喜欢写情诗，喜欢发感慨。我厌恨社会科学，厌恨自然科学，厌恨商人，厌恨说教的道学家，厌恨空虚的宗教。用近代术语来说，我当时该是一个所谓文学青年。偶检书笥，发现当时译的一首法国象征派诗人波多莱尔的散文诗，是曾发表在当时学校的周刊上的，译文是这样的：

永久的陶醉。别的事都无足轻重：这是唯一的问题。

假如你不愿，感觉那"时间"的可怖的担负压在你的肩上并且挤迫你到这个尘世，那么就去继续地酩酊大醉。

凭什么去醉呢？凭酒，凭诗。或是凭品德，任随你的便。必要去醉。

假如有时在宫殿的台阶上，或在沟渠的绿岸上，或在你自己屋里可怕的孤独里，你神志清醒了，或醉醒退减了一半或全部，试问一问风，或浪，或星，或鸟，或钟，或一切能飞的，叹的，动摇的，唱的，说的，现在是什么时候；风，浪，星，鸟，钟，将要答你："这是陶醉的时候！陶醉啊，假如你不愿做'时间'的殉死的奴隶；继续的酩酊啊！以酒，以诗，以品德，任随你便。"

译文有无错误，且不去管，却表示了我当时的心情，我当时觉得这诗道出了我自己内心的苦闷。现在我看着，觉得汗颜。但因此我也就能了解一些现代"文学青年"之趋向于逃避现实。十五年前我自己也便是这样的！一个人的年纪把一个人的心情改变得多么厉害！也许有人说，你从前的幼稚确是真，你现在的成熟确是假。我不这样想，我以为这是时间之无情的手段所酿成的变化。从前的逃避现实是许多人所不能避免的一个阶段，从逃避现实到正视人生也是一个不能避免的转移。不记得听谁说过："一个人若在年轻时候不是无政府主义者，这个人没有出息；一个人若在成年之后仍然是一个无政府主义者，这个人也是没有出息！"这是就政治思想而言。我想在文学上亦然。一个人在年轻时候若不是"为艺术而艺术"的信仰者，这个人没有出息；一个人若是到了成年之后还主张"为艺术而艺术"，这个人也没有出息！

　　但是现代的青年，却很少有逃避现实的趋向。现代而高谈象征主义的倒是一些中年的人。现在的青年被另外一种时尚所诱惑了。现在的青年的口头禅是斗争，是辩证法，是唯物论，是革命，在文学的领域以内亦然。当然现在的中国和十五年前的中国，环境是不同的。但是我们得承认，无论辩证法唯物论这一套是如何如何的正确，无论青年人放弃了那逃避现实的倾向是如何的可庆幸，这种"少年老成"的现象究竟是环境逼出来的，究竟是不自然的，现代青年人比从前的青年人知道正视人生，知道注意国家社会的情形，这是可喜的。然而从另一方面看，环境逼得青年人早熟，环境逼得青年人老早地就摆脱了孩子气，老早地就变得老成，这也不是合乎我们理想的事。当然，谁也不愿再把现代青年打发回

"象牙塔"，然而"象牙塔"原也是人生过程中之一个驻足的所在，现在青年没有功夫在那塔里流连，一下子就被扯了出来，扯到惊涛骇浪的场面里去了。

然而最令人心里惊异的是，早已到了该出"象牙塔"的年龄的人，偏偏有些位还不出来，还在里面流连迷恋着！还想把所有的人都往这塔里招！

幽径悲剧

季羡林 / 文

出家门，向右转，只有二三十步，就走进一条曲径。有二三十年之久，我天天走过这一条路，到办公室去。因为天天见面，也就成了司空见惯，对它有点漠然了。

然而，这一条幽径却是大大有名的。记得在五十年代，我在故宫的一个城楼上，参观过一个有关《红楼梦》的展览。我看到由几幅山水画组成的组画，画的就是这一条路。足证这一条路是同这一部伟大的作品有某一些联系的。至于是什么联系，我已经记忆不清。留在我记忆中的只是一点印象：这一条平平常常的路是有来头的，不能等闲视之。

这一条路在燕园中是极为幽静的地方。学生们称之为"后湖"，他们很少到这里来的。我上面说它平平常常，这话有点语病，它其实是颇为不平常的。一面傍湖，一面靠山，蜿蜒曲折，实有曲径通幽之趣。山上苍松翠柏，杂树成林。无论春夏秋冬，总有翠色在目。不知名的小花，从春天开起，过一阵换一个颜色，一直开到秋末。到了夏天，山上一团浓绿，人们仿佛是在一片绿雾中穿行。林中小鸟，枝头鸣蝉，仿佛互相应答。秋天，枫叶变红，与苍松翠柏，相映成趣，凄清中又饱含浓烈。几乎让人不辨四时了。

小径另一面是荷塘，引人注目主要是在夏天。此时绿叶接天，红荷映日。仿佛从地下深处爆发出一股无比强烈的生命力，向上，向上，向上，欲与天公试比高，真能使懦者立怯者强，给人以无穷的感染力。

不管是在山上，还是在湖中，一到冬天，当然都有白雪覆盖。在湖中，昔日的潋滟的绿波为坚冰所取代。但是在山上，虽然落叶树都把叶子落掉，可是松柏反而更加精神抖擞，绿色更加浓烈，意思是想把其他树木之所失，自己一手弥补过来，非要显示出绿色的威力不行。再加上还有翠竹助威，人们置身其间，决不会感到冬天的萧索了。

这一条神奇的幽径，情况大抵如此。

在所有的这些神奇的东西中，给我印象最深、让我最留恋难忘的是一株古藤萝。藤萝是一种受人喜爱的植物。清代笔记中有不少关于北京藤萝的记述。在古庙中，在名园中，往往都有几棵寿达数百年的藤萝，许多神话故事也往往涉及藤萝。北大现在的燕园，是清代名园，有几棵古老的藤萝，自是意中事。我们最初从城里搬来的时候，还能看到几棵据说是明代传下来的藤萝。每年春天，紫色的花朵开得满棚满架，引得游人和蜜蜂猬集其间，成为春天一景。

但是，根据我个人的评价，在众多的藤萝中，最有特色的还是幽径的这一棵。它既无棚，也无架，而是让自己的枝条攀附在邻近的几棵大树的干和枝上，盘曲而上，大有直上青云之概。因此，从下面看，除了一段苍黑古劲像苍龙般的粗干外，根本看不出是一株藤萝。每年春天，我走在树下，眼前无藤萝，心中也无藤萝。然而一股幽香蓦地闯入鼻官，嗡嗡的蜜蜂声也袭入耳内，抬头一看，在一团团的绿叶中——根本分不清哪是藤萝叶，哪是其他树的叶子——，隐约看到一朵朵紫红色的花，颇有万绿丛中一点红的意味。直到此时，我才清晰地意识到这一棵古藤的存在，顾而乐之了。

经过了史无前例的十年浩劫，不但人遭劫，花木也不能幸免。藤萝们和其他一些古丁香树等等，被异化为"修正主义"，遭到了无情的诛伐。六院前的和红二三楼之间的那两棵著名的古藤，被坚决、彻底、干净、全部地消灭掉。是否也被踏上一千只脚，没有调查研究，不敢瞎说；永世不得翻身，则是铁一般的事实了。

茫茫燕园中，只剩下了幽径的这一棵藤萝了。它成了燕园中藤萝界的鲁殿灵光。每到春天，我在悲愤、惆怅之余，惟一的一点安慰就是幽径中这一棵古藤。每次走在它下面，嗅到淡淡的幽香，听到嗡嗡的蜂声，顿觉这个世界还是值得留恋的，人生还不全是荆棘丛。其中情味，只有我一个人知道，不足为外人道也。

然而，我快乐得太早了，人生毕竟还是一个荆棘丛，决不是到处都盛开着玫瑰花。今年春天，我走过长着这棵古藤的地方，我的眼前一闪，吓了一大跳：古藤那一段原来凌空的虬干，忽然成了吊死鬼，下面被人砍断，只留上段悬在空中，在风中摇曳。再抬头向上看，藤萝初绽出来的一些淡紫的成串的花朵，还在绿叶丛中微笑。它们还没有来得及知道，自己赖以生存的根干已经被砍断，脱离了地面，再没有水分供它们生存了。它们仿佛成了失掉了母亲的孤儿，不久就会微笑不下去，连痛哭也没有地方了。

我是一个没有出息的人。我的感情太多，总是供过于求，经常为一些小动物、小花草惹起万斛闲愁。真正的伟人们是决不会这样的。反过来说，如果他们像我这样的话，也决不能成为伟人。我还有点自知之明，我注定是一个渺小的人，也甘于如此，我甘于为一些小猫小狗小花小草流泪叹气。这一棵古藤的灭亡在我心灵中引起的痛苦，别人是无法理解的。

从此以后，我最爱的这一条幽径，我真有点怕走了。我不敢再看那一段悬在空中的古藤枯干，它真像吊死鬼一般，让我毛骨悚然。非走不行的时候，我就紧闭双眼，疾趋而过。心里数着数：一，二，三，四，一直数到十，我估摸已经走到了小桥的桥头上，吊死鬼不会看到了，我才睁开眼走向前去。此时，我简直是悲哀至极，哪里还有什么闲情逸致来欣赏幽径的情趣呢？

但是，这也不行。眼睛虽闭，但耳朵是关不住的。我隐隐约约听到古藤的哭泣声，细如蚊蝇，却依稀可辨。它在控诉无端被人杀害。它在这里已经呆了二三百年，同它所依附的大树一向和睦相处。它虽阅尽人间沧桑，却从无害人之意。每天春天，就以自己的花朵为人间增添美丽，焉知一旦毁于愚氓之手。它感到万分委屈，又投诉无门。它的灵魂死守在这里。每到月白风清之夜，它会走出来显圣的。在大白天，只能偷偷地哭泣。山头的群树，池中的荷花是对它深表同情的，然而又受到自然的约束，寸步难行，只能无言相对。在茫茫人世中，人们争名于朝，争利于市，哪里有闲心来关怀一棵古藤的生死呢？于是，它只有哭泣，哭泣，哭泣……

世界上像我这样没有出息的人，大概是不多的。古藤的哭泣声恐怕只有我一个能听到。在浩茫无际的大千世界上，在林林总总的植物中，燕园的这一棵古藤，实在渺小得不能再渺小了。你倘若问一个燕园中人，决不会有任何人注意到这一棵古藤的存在的，决不会有任何人关心它的死亡的，决不会有任何人为之伤心的。偏偏出了我这样一个人，偏偏让我住到这个地方，偏偏让我天天走这一条幽径，偏偏又发生了这样一个小小的悲剧；所有这一些偶然性都集中在一起，压到了我的身上。我自己的性格制造成的这一个十字架，只有我自己来背了。奈何，奈何！

但是，我愿意把这个十字架背下去，永远永远地背下去。

中年

周作人 / 文

　　虽然四川开县有二百五十岁的胡老人，普通还只是说人生百年，其实这也还是最大的整数，若是人民平均有四五十岁的寿，那已经可以登入祥瑞志，说什么寿星见了。我们乡间称三十六岁为本寿，这时候死了，虽不能说寿考，也就不是夭折。这种说法我觉得颇有意思。日本兼好法师曾说："即使长命，在四十以内死了最为得体。"虽然未免性急一点，却也有几分道理。

　　孔子曰："四十而不惑。"吾友某君则云，人到了四十岁便可以枪毙。两样相反的话，实在原是盾的两面。合而言之，若曰，四十可以不惑，但也可以不不惑，那么，那时就是枪毙了也不足惜云尔。平常中年以后的人大抵胡涂荒谬的多，正如兼好法师所说，过了这个年纪，便将忘记自己的老

144

丑。想在人群中胡混，执著人生，私欲益深，人情物理都不复了解，"至可叹息"是也。不过因为怕献老丑，便想得体地死掉，那也似乎可以不必。为什么呢？假如能够知道这些事情，就很有不惑的希望，让他多活几年也不碍事。所以在原则上我虽赞成兼好法师的话，但觉得实际上还可稍加斟酌，这倒未必全是为自己道地，想大家都可见谅的罢。

我决不敢相信自己是不惑，虽然岁月是过了不惑之年好久了，但是我总想努力不至于不不惑，不要人情物理都不了解。本来人生是一贯的，其中却分几个段落，如童年，少年，中年，老年，各有意义，都不容空过。譬如少年时代是浪漫的，中年是理智的时代，到了老年差不多可以说是待死堂的生活罢。然而中国凡事是颠倒错乱的，往往少年老成，摆出道学家超人志士的模样，中年以来重新来秋冬行春令，大讲其恋爱等等，这样地跟着青年跑，或者可以免于落伍之讥，实在犹如将昼作夜，"拽直照原"，只落得不见日光而见月亮，未始没有好些危险。我想最好还是顺其自然，六十过后虽不必急做寿衣，唯一只脚确已踏在坟里，亦无庸再去请斯坦那赫博士结扎生殖腺了。至于恋爱则在中年以前应该毕业，以后便可应用经验与理性去观察人情与物理。即使在市街战斗或示威运动的队伍里少了一个人，实在也有益无损，因为后起的青年自然会去补充（这是说假如少年不是都老成化了，不在那里做各种八股），而别一队伍里也就多了一个人，有如退伍兵去研究动物学，反正于参谋本部的作战计划并无什么妨害的。

话虽如此，在这个当儿要使它不发生乱调，实在是不大容易的事。世间称四十左右曰危险时期，对于名利，特别是色，时常露出好些丑态，这是人类的弱点，原也有可以容忍的地方。但是可容忍与可佩服是绝不相同的事情，尤其是无惭愧地，得意似地那样做，还仿佛是我们的模范似地那样做，那么容忍也还是我们从数十年的世故中来最大的应许，若鼓吹护持似乎可以无须了罢。我们少年时浪漫地崇拜好许多英雄，到了中年再一回顾，那些旧日的英雄，无论是道学家或超人志士，此时也都是老年中年了，差不多尽数地不是显出泥脸便即露出羊脚，给我们一个不客气的幻灭。这有什么办法呢？自然太太的计划谁也难违拗它。风水与流年也好，遗传与环境也好，总之是说明这个的可怕。这样说来，得体地活着这件事或者比得体地死要难得多，假如我们过了四十却还能平凡地生活，虽不见得怎么得体，也不至于怎样出丑，这实在要算是侥天之幸，不能不知所感谢了。

人是动物，这一句老实话，自人类发生以至地球毁灭，永久是实实在在的，但在我们人类则须经过相当年龄才能明白承认。所谓动物，可以含有科学家一视同仁的"生物"与儒教徒骂人的"禽兽"这两种意思，所以对于这一句话人们也可以有两样态度。其一，以为既同禽兽，便异圣贤，因感不满，以至悲观。其二，呼铲曰铲，本无不当，听之可也。我可以说就是这样地想，但是附加一点，有时要去综核名实言行，加以批评。本来棘皮动物不会肤如凝脂，怒毛上指栋的猫不打着呼噜，原是一定的理，毋庸怎么考核，无如人这动物是会说话的，可以自称什么家或者主唱某主义等，这都是别的众生所没有的。我们如有闲一点儿，免不得要注意及此。譬如普通男女私情我们可以不管，但如见一个社会栋梁高谈女权或社会改革，却照例纳妾等等，那有如无产首领浸在高贵的温泉里命令大众冲锋，未免可笑，觉得这动物有点变质了。我想文明社会上道德的管束应该很宽，但应该要求诚实，言行不一致是一种大欺诈，大家应该留心不要上当。我想，我们与其伪善还不如真恶，真恶还是要负责任，冒危险。

我这些意思恐怕都很有老朽的气味，这也是没有法的事情。年纪一年年的增多，有如走路一站站的过去，所见既多，对于从前的意见自然多少要加以修改。这是得呢失呢，我不能说。不过，走着路专为贪看人物风景，不复去访求奇遇，所以或者比较地看得平静仔细一点也未可知。然而这又怎么能够自信呢？

儿女

朱自清 / 文

　　我现在已是五个儿女的父亲了。想起圣陶喜欢用的"蜗牛背了壳"的比喻，便觉得不自在。新近一位亲戚嘲笑我说，"要剥层皮呢！"更有些悚然了。十年前刚结婚的时候，在胡适之先生的《藏晖室札记》里，见过一条，说世界上有许多伟大的人物是不结婚的；文中并引培根的话，"有妻子者，其命定矣。"当时确吃了一惊，仿佛梦醒一般；但是家里已是不由分说给娶了媳妇，又有甚么可说？现在是一个媳妇，跟着来了五个孩子；两个肩头上，加了这么重一副担子，真不知怎样走才好。"命定"是不用说了；从孩子们那一面说，他们该怎样长大，也正是可以忧虑的事。我是个彻头彻尾自私的人，做丈夫已是勉强，做父亲更是不成。自然，"子孙崇拜""儿童本位"的哲理或伦理，我也有些知道；既做着父亲，闭了眼抹杀孩子们的权利，知道是不行的。可惜这只是理论，实际上我是仍旧按照古老的传统，在野蛮地对付着，和普通的父亲一样。近来差不多是中年的人了，才渐渐觉得自己的残酷；想着孩子们受过的体罚和叱责，始终不能辨解——像抚摩着旧创痕那样，我的心酸溜溜的。有一回，读了有岛武郎《与幼小者》的译文，对了那种伟大的，沈挚的态度，我竟流下泪来了。去年父亲来信，问起阿九，那时阿九还在白马湖呢；信上说，"我没有耽误你，你也不耽误他才好。"我为这句话哭了一场；我为什么不像父亲的仁慈？我不该忘记，父亲怎样待我们米着！人性许真是二元的，我是这样地矛盾；我的心像钟摆似的来去。

你读过鲁迅先生的《幸福的家庭》么？我的便是那一类的"幸福的家庭"！每天午饭和晚饭，就如两次潮水一般。先是孩子们你来他去地在厨房与饭间里查看，一面催我或妻发"开饭"的命令。急促繁碎的脚步，夹着笑和嚷，一阵阵袭来，直到命令发出为止。他们一递一个地跑着喊着，将命令传给厨房里用人；便立刻抢着回来搬凳子。于是这个说，"我坐这儿！"那个说，"大哥不让我！"大哥却说，"小妹打我！"我给他们调解，说好话。但是他们有时候很固执，我有时候也不耐烦，这便用着叱责了；叱责还不行，不由自主地，我的沈重的手掌便到他们身上了。于是哭的哭，坐的坐，局面才算定了。接着可又你要大碗，他要小碗，你说红筷子好，他说黑筷子好；这个要干饭，那个要稀饭，要茶要汤，要鱼要肉，要豆腐，要萝卜；你说他菜多，他说你菜好。妻是照例安慰着他们，但这显然是太迂缓了。我是个暴躁的人，怎么等得及？不用说，用老法子将他们立刻征服了；虽然有哭的，不久也就抹着泪捧起碗了。吃完了，纷纷爬下凳子，桌上是饭粒呀，汤汁呀，骨头呀，渣滓呀，加上纵横的筷子，欹斜的匙子，就如一块花花绿绿的地图模型。吃饭而外，他们的大事便是游戏。游戏时，大的有大主意，小的有小主意，各自坚持不下，于是争执起来；或者大的欺负了小的，或者小的竟欺负了大的，被欺负的哭着嚷着，到我或妻的面前诉苦；我大抵仍旧要用老法子来判断的，但不理的时候也有。最为难的，是争夺玩具的时候：这一个的与那一个的是同样的东西，却偏要那一个的；而那一个便偏不答应。在这种情形之下，不论如何，终于是非哭了不可的。这些事件自然不至于天天全有，但大致总有好些起。我若坐在家里看书或写什么东西，管保一点钟里要分几回心，或站起来一两次的。若是雨天或礼拜日，孩子们在家的多，那么，摊开书竟看不下一行，提起笔也写不出一个字的事，也有过的。我常和妻说，"我们家真是成日的千军万马呀！"有时是不但"成日"，连夜里也有兵马在进行着，在有吃乳或生病的孩子的时候！

我结婚那一年，才十九岁。二十一岁，有了阿九；二十三岁，又有了阿菜。那时我正像一匹野马，那能容忍这些累赘的鞍鞯，辔头，和缰绳？摆脱也知是不行的，但不自觉地时时在摆脱着。现在回想起来，那些日子，真苦了这两个孩子；真是难以宽宥的种种暴行呢！阿九才两岁半的样子，我们住在杭州的学校里。不知怎地，这孩子特别爱哭，又特别怕生人。一不见了母亲，或来了客，就哇哇地哭起来了。学校里住着许多人，我不能让他扰着他们，而客人也总是常有的；我懊恼极了，有一回，特地骗出了妻，关了门，将他按在地下打了一顿。这件事，妻到现在说起来，还觉得有些不忍；她说我的手太辣了，到底还是两岁半的孩子！我近年常想着那时的光景，也觉黯然。阿菜在台州，那是更小了；才过了周岁，还不大会走路。也是为了缠着母亲的缘故吧，我将她紧紧地按在墙角里，直哭喊了三四分钟；因此生了好几天病。妻说，那时真寒心呢！但我的苦痛也是真的。我曾给圣陶写信，说孩子们的折磨，实在无法奈何；有时竟觉得还是自杀的好。这虽是气愤的话，但这样的心情，确也有过的。后来孩子是多起来了，磨折也磨折得久了，少年的锋棱渐渐地钝起来了；加以增长的年岁增长了理性的裁制力，我能够忍耐了——觉得从前真是一个"不成材的父亲"，如我给另一个朋友信里所说。但我的孩子们在幼小时，确比别人的特别不安静，我至今还觉如此。我想这大约还是由于我们抚育不得法；从前只一味地责备孩子，让他们代我们负起责任，却未免是可耻的残酷了！

正面意义的"幸福"，其实也未尝没有。正如谁所说，小的总是可爱，孩子们的小模样，小心眼儿，确有些教人舍不得的。阿毛现在五个月了，你用手指去拨弄她的下巴，或向她做趣脸，她便会张开没牙的嘴格格地笑，笑得像一朵正开的花。她不愿在屋里待着；待久了，便大声儿嚷。妻常说："姑娘又要出去溜达了。"她说她像鸟儿般，每天总得到外面溜一些时候。润儿上个月刚过了三岁，笨得很，话还没有学好呢。他只能说三四个字的短语或句子，文法错误，发音模糊，又得费气力说出；我们老是要笑他的。他说"好"字，总变成"小"字；问他"好不好？"他便说"小"，或"不小"。我们常常逗着他说这个字玩儿；他似乎有些觉得，近来偶然也能说出正确的"好"字了——特别在我们故意说成"小"字的时候。他有一只搪瓷碗，是一毛来钱买的；买来时，老妈子教给他，"这是一毛钱。"他便记住"一毛"两个字，管那只碗叫"一毛"，有时竟省称为"毛"。这在新来的老妈子，是必需翻译了才懂的。他不好意思，或见着生客时，便咧着嘴痴笑；我们常用了土话，叫他做"呆瓜"。他是个小胖子，短短的腿，走起路来，蹒跚可笑；若快走或跑，便更"好看"了。他有时学我，将两手叠在背后，一摇一摆的；那是他自己和我们都要乐的。他的大姊便是阿菜，已是七岁多了，在小学校里念着书。在饭桌上，一定得啰啰唆唆地报告些同学或他们父母的事情；气喘喘地说着，不管你爱听不爱听。说完了总问我："爸爸认识么？""爸爸知道么？"妻常禁止她吃饭时说话，所以她总是问我。她的问题真多：看电影便问电影里的是不是人？是不是真人？怎么不说话？看照相也是一样。不知谁告诉她，兵是要打人的。她回来便问，兵是人么？为什么打人？近来大约听了先生的话，回来又问张作霖的兵是帮谁的？蒋介石的兵是不是帮我们的？诸如此类的问题，每天短不了，常常闹得我不知怎样答才行。她和润儿在一处玩儿，一大一小，不很合式，老是吵着哭着。但合式的时候也有：譬如这个往床底下躲，那个便钻进去追着；这个钻出来，那个也跟着——从这个床到那个床，只听见笑着，嚷着，喘着，真如妻所说，像小狗似的。现在在京的，便只有这三个孩子；阿九和转儿是去年北来时，让母亲暂时带回扬州去了。

阿九是欢喜书的孩子。他爱看《水浒》《西游记》《三侠五义》《小朋友》等；没有事便捧着书坐着或躺着看。只不欢喜《红楼梦》，说是没有味儿。是的，《红楼梦》的味儿，一个十岁的孩子，那里能领略呢？去年我们事实上只能带两个孩子来；因为他大些，而转儿是一直跟着祖母的，便在上海将他俩丢下。我清清楚楚记得那分别的一个早上。我领着阿九从二洋泾桥的旅馆出来，送他到母亲和转儿住着的亲戚家去。妻嘱咐说：“买点吃的给他们吧。”我们走过四马路，到一家茶食铺里。阿九说要熏鱼，我给买了；又买了饼干，是给转儿的。便乘电车到海宁路。下车时，看着他的害怕与累赘，很觉恻然。到亲戚家，因为就要回旅馆收拾上船，只说了一两句话便出来；转儿望望我，没说什么，阿九是和祖母说什么去了。我回头看了他们一眼，硬着头皮走了。后来妻告诉我，阿九背地里向她说："我知道爸爸欢喜小妹，不带我上北京去。"其实这是冤枉的。他又曾和我们说："暑假时一定来接我啊！"我们当时答应着；但现在已是第二个暑假了，他们还在迢迢的扬州待着。他们是恨着我们呢？还是惦着我们呢？妻是一年来老放不下这两个，常常独自暗中流泪；但我有什么法子呢！想到"只为家贫成聚散"一句无名的诗，不禁有些凄然。转儿与我较生疏些。但去年离开白马湖时，她也曾用了生硬的扬州话（那时她还没有到过扬州呢），和那特别尖的小嗓子向着我："我要到北京去。"她晓得什么北京，只跟着大孩子们说罢了；但当时听着，现在想着的我，却真是抱歉呢。这兄妹俩离开我，原是常事，离开母亲，虽也有过一回，这回可是太长了；小小的心儿，知道是怎样忍耐那寂寞来着！

　　我的朋友大概都是爱孩子的。少谷有一回写信责备我，说儿女的吵闹，也是很有趣的，何至可厌到如我所说；他说他真不解。子恺为他家华瞻写的文章，真是"蔼然仁者之言"。圣陶也常常为孩子操心：小学毕业了，到什么中学好呢？——这样的话，他和我说过两三回了。我对他们只有惭愧！可是近来我也渐渐觉着自己的责任。我想，这一该将孩子们团聚起来，其次便该给他们些力量。我亲眼见过一个爱儿女的人，因为不曾好好地教育他们，便将他们荒废了。他并不是溺爱，只是没有耐心去料理他们，他们便不能成材了。我想我若照现在这样下去，孩子们也便危险了。我得计划着，让他们渐渐知道怎样去做人才行。但是要不要他们像我自己呢？这一层，我在白马湖教初中学生时，也曾从师生的立场上问过丐尊，他毫不踌躇地说："自然啰。"近来与平伯谈起教子，他却答得妙："总不希望比自己坏啰。"是的，只要不"比自己坏"就行，"像"不"像"倒是不在乎的。职业，人生观等，还是由他们自己去定的好；自己顶可贵，只要指导，帮助他们去发展自己，便是极贤明的办法。

予同说："我们得让子女在大学毕了业，才算尽了责任。"SK 说："不然，要看我们的经济，他们的材质与志愿；若是中学毕了业，不能或不愿升学，便去做别的事，譬如做工人吧，那也并非不行的。"自然，人的好坏与成败，也不尽靠学校教育；说是非大学毕业不可，也许只是我们的偏见。在这件事上，我现在毫不能有一定的主意；特别是这个变动不居的时代，知道将来怎样？好在孩子们还小，将来的事且等将来吧。目前所能做的，只是培养他们基本的力量——胸襟与眼光；孩子们还是孩子们，自然说不上高的远的，慢慢从近处小处下手便了。这自然也只能先按照我自己的样子："神而明之，存乎其人。"光辉也罢，倒楣也罢，平凡也罢，让他们各尽各的力去。我只希望如我所想的，从此好好地做一回父亲，便自称心满意。——想到那"狂人""救救孩子"的呼声，我怎敢不悚然自勉呢？

有了小孩以后

老舍 / 文

　　艺术家应以艺术为妻，实际上就是当一辈子光棍儿。在下闲暇无事，往往写些小说，虽一回还没自居过文艺家，却也感觉到家庭的累赘。每逢困于油盐酱醋的灾难中，就想到独人一身，自己吃饱便天下太平，岂不妙哉。

　　家庭之累，大半由儿女造成。先不用提教养的花费，只就淘气哭闹而言，已足使人心慌意乱。小女三岁，专会等我不在屋中，在我的稿子上画圈拉杠，且美其名曰"小济会写字"！把人要气没了脉，她到底还是有理！再不然，我刚想起一句好的，在脑中盘旋，自信足以愧死莎士比亚，假若能写出来的话。当是时也，小济拉拉我的肘，低声说："上公园看猴？"于是我至今还未成莎士比亚。小儿一岁整，还不会"写字"，也不晓得去看猴，但善亲亲，闭眼，张口展览上下四个小牙。我若没事，请求他闭眼，露牙，小胖子总会东指西指的打岔。赶到我拿起笔来，他那一套全来了，不但亲脸，闭眼，还"指"令我也得表演这几招。有什么办法呢?!

这还算好的。赶到小济午后不睡，按着也不睡，那才难办。到这么四点来钟吧，她的困闹开始，到五点钟我已没有人味。什么也不对，连公园的猴都变成了臭的，而且猴之所以臭，也应当由我负责。小胖子也有这种困而不睡的时候，大概多数是与小济同时发难。两位小醉鬼一齐找毛病，我就是诸葛亮恐怕也得唱空城计，一点办法没有！在这种干等束手被擒的时候，偏偏会来一两封快信——催稿子！我也只好闹脾气了。不大一会儿，把太太也闹急了，一家大小四口，都成了醉鬼，其热闹至为惊人。大人声言离婚，小孩怎说怎不是，于离婚的争辩中瞎打混。一直到七点后，二位小天使已困得动不的，离婚的宣言才无形的撤销。这还算好的。遇上小胖子出牙，那才真教厉害，不但白天没有情理，夜里还得上夜班。一会儿一醒，若被针扎了似的惊啼，他出牙，谁也不用打算睡。他的牙出利落了，大家全成了红眼虎。

不过，这一点也不妨碍家庭中爱的发展，人生的巧妙似乎就在这里。记得 Frank Harris 仿佛有过这么点记载：他说王尔德为那件不名誉的案子过堂被审，一开头他侃侃而谈，语多幽默。及至原告提出几个男妓作证人，王尔德没了脉，非失败不可了。Harris 以为王尔德必会说："我是个戏剧家，为观察人生，什么样的人都当交往。假若我不和这些人接触，我从哪里去找戏剧中的人物呢？"可是，王尔德竟自没这么答辩，官司就算输了！

把王尔德且放在一边；艺术家得多去经验，Harris 的意见，假若不是特为王尔德而发的，的确是不错。连家庭之累也是如此。还拿小孩们说吧——这才来到正题——爱他们吧，嫌他们吧，无论怎说，也是极可宝贵的经验。

在没有小孩的时候，一个人的世界还是未曾发现美洲的时候的。小孩是科仑布，把人带到新大陆去。这个新大陆并不很远，就在熟习的街道上和家里。你看，街市上给我预备的，在没有小孩的时候，似乎只有理发馆，饭铺，书店，邮政局等。我想不出婴儿医院，糖食店，玩具铺等等的意义。连药房里的许许多多婴儿用的药和粉，报纸上婴儿自己药片的广告，百货店里的小袜子小鞋，都显着多此一举，劳而无功。及至小天使自天飞降，我的眼睛似乎戴上了一双放大镜，街市依然那样，跟我有关系的东西可是不知增加了多少倍！

婴儿医院不但挂着牌子，敢情里边还有医生呢。不但有医生，还是挺神气，一点也得罪不得。拿着医生所给的神符，到药房去，敢情那些小瓶子小罐都有作用。不但要买瓶子里的白汁黄面和各色的药饼，还得买瓶子罐子，轧粉的钵，量奶的漏斗，乳头，卫生尿布，玩艺多多了！百货店里那些小衣帽，小家具，也都有了意义；原先以为多此一举的东西，如今都成了非它不行；有时候铺中缺乏了我所要的那一件小物品，我还大有看不起他们的意思：既是百货店，怎能不预备这件东西呢?！慢慢的，全街上的铺子，除了金店与古玩铺，都有了我的足迹；连当铺也走得怪熟。铺中人也渐渐熟识了，甚至可以随便闲谈，以小孩为中心，谈得颇有味儿。伙计们，掌柜们，原来不仅是站柜作买卖，家中还有小孩呢！有的铺子，竟自敢允许我欠账，仿佛一有了小孩，我的人格也好了些，能被人信任。三节的账条来得很踊跃，使我明白了过节过年的时候怎样出汗。

　　小孩使世界扩大，使隐藏着的东西都显露出来。非有小孩不能明白这个。看着别人家的孩子，肥肥胖胖，整整齐齐，你总觉得小孩们理应如此，一生下来就戴着小帽，穿着小袄，好像小雏鸡生下来就披着一身黄绒似的。赶到自己有了小孩，才能晓得事情并不这么简单。一个小娃娃身上穿戴着全世界的工商业所能供给的，给全家人以一切啼笑爱怨的经验，小孩的确是位小活神仙！

有了小活神仙，家里才会热闹。窗台上，我一向认为是摆花的地方。夏天呢，开着窗，风儿轻轻吹动花与叶，屋中一阵阵的清香。冬天呢，阳光射到花上，使全屋中有些颜色与生气。后来，有了小孩，那些花盆很神秘的都不见了，窗台上满是瓶子罐子，数不清有多少。尿布有时候上了写字台，奶瓶倒在书架上。大扫除才有了意义，是的，到时候非痛痛快快的收拾一顿不可了，要不然东西就有把人埋起来的危险。上次大扫除的时候，我由床底下找到了但丁的《神曲》。不知道这老家伙干吗在那里藏着玩呢！

人的数目也增多了，而且有很多问题。在没有小孩的时候，用一个仆人就够了，现在至少得用俩。以前，仆人"拿糖"，满可以暂时不用；没人作饭，就外边去吃，谁也不用拿捏谁。有了小孩，这点豪气乘早收起去。三天没人洗尿布，屋里就不要再进来人。牛奶等项是非有人管理不可，有儿方知卫生难，奶瓶子一天就得烫五六次；没仆人简直不行！有仆人就得捣乱，没办法！

好多没办法的事都得马上有办法，小孩子不会等着"国联"慢慢解决儿童问题。这就长了经验。半夜里去买药，药铺的门上原来有个小口，可以交钱拿药，早先我就不晓得这一招。西药房里敢情也打价钱，不等他开口，我就提出："还是四毛五？"这个"还是"使我省五分钱，而且落个行家。这又是一招。找老妈子有作坊，当票儿到期还可以入利延期，也都被我学会。没功夫细想，大概自从有了儿女以后，我所得的经验至少比一张大学文凭所能给我的多着许多。大学文凭是由课本里掏出来的，现在我却念着一本活书，没有头儿。

连我自己的身体现在都会变形，经小孩们的指挥，我得去装马装牛，还须装得像个样儿。不但装牛像牛，我也学会牛的忍性，小胖子觉得"开步走"有意思，我就得百走不厌；只作一回，绝对不行。多咱他改了主意，多咱我才能"立正"。在这里，我体验出母性的伟大，觉得打老婆的人们满该下狱。

中秋节前来了个老道，不要米，不要钱，只问有小孩没有？看见了小胖子，老道高了兴，说十四那天早晨须给小胖子左腕上系一根红线。备清水一碗，烧高香三炷，必能消灾除难。右邻家的老太太也出来看，老道问她有小孩没有，她惨淡的摇了摇头。到了十四那天，倒是这位老太太的提醒，小胖子的左腕上才拴了一圈红线。小孩子征服了老道与邻家老太太。一看胖手腕的红线，我觉得比写完一本伟大的作品还骄傲，于是上街买了两尊兔子王，感到老道，红线，兔子王，都有绝大的意义！

第二度的青春

梁遇春 / 文

　　人们到了相当年纪，大概不会再有春愁。就说偶然还涉
遐思，也不好意思出口了。

　　乡愁，那是许多人所逃不了的。有些人天生一副怀乡病
者的心境，天天惦念着他精神上的故乡。就是住在家乡里，
仍然忽忽如有所失，像个海外飘零的客子。就说把他们送到
乐园去，他们还是不胜惆怅，总是希冀企望着，想回到一个
他所不知道的地方。这些人想象出许多虚幻的境界，那是宗
教家的伊甸园，哲学家的伊比鸠鲁斯花园，诗人的 Elysium,
El Dorado, Arcadia，理想主义者的乌托邦，来慰藉他们彷徨
的心灵；可是若使把他们放在他们所追求的天国里，他们
也许又皱起眉头，拿着笔描写出另个理想世界了。思想无
非是情感的具体表现，他们这些世外桃源只是他们不安心

境的寄托。全是因为它们是不能实现的，所以才能够传达出他们这种没个为欢处的情怀；一旦不幸，理想变为事实，它们立刻就不配做他们这些情绪的象征了。说起来，真是可悲，然而也怪有趣。总之，这一班人大好年华都销磨于绻怀一个莫须有之乡，也从这里面得到他人所尝不到的无限乐趣。登楼远望云山外的云山，淌下的眼泪流到笑涡里去，这是他们的生活。吾友莫须有先生就是这么一个人，久不见他了，却常忆起他那泪痕里的微笑。

可是，人们到了相当年纪（又是这么一句话），对于自己的事情感到厌倦，觉得太空虚了，不值一想，这时连这一缕乡愁也将化为云烟了。其实人们一走出情场，失掉绮梦，对于自己种种的幻觉都销灭了，当下看出自己是个多么渺小无聊的汉子，正好像脱下戏衫的优伶，从缥渺世界坠到铁硬的事实世界，砰的一声把自己惊醒了。这时睁开眼睛，看到天上恒河沙数的群星，一佛一世界，回想自己风尘下过千万人已尝过，将来还有无数万人来尝的庸俗生活，对于自己怎能不灰心呢？当此"屏除丝竹入中年"时候，怎么好呢？

可是，人们到了相当年纪，免不了儿女累人，三更儿哭，可以搅你的清梦，一声爸爸，可以动你的心弦。烦恼自然多起来了，但是天下的乐趣都是烦恼带来的，烦恼使人不得不希望，希望却是一服包医百病的良方。做了只怕不愁，一生在艰苦的环境下面挣扎着，结果常是"穷"而不"愁"，所谓潦倒也就是麻木的意思。做人做到艳阳天气勾不起你的幽怨，故乡土物打不动你莼鲈之思，真是几乎无路可走了。还好有个父愁。虽然知道自己的一生是个失败，仿佛也看出天下无所谓成功的事情，已猜透成功等于失败这个哑谜了，居然清瘦地站在宇宙之外，默然与世无涉了；可是对于自己孩子们总有个莫名其妙的希望，大有我们自己既然如是塌台，难道他们也会这样吗的意思。只有没有道理的希望是真实的，永远有生气的，做父亲的人们明知小孩变成顽皮大人是种可伤的事情，却非常希望他们赶快长大。已看穿人性的腐朽同宇宙的乏味了，可是还希望他们来日有个花一般的生涯。为着他们，希望许多绝不可能的事情变为可能，为着他们，肯把自己重新掷到过去的幻觉里去，于是乎从他们的生活里去度自己第二次的青春，又是一场哀乐。为着儿女的恋爱而担心，去揣摩内中的甘苦，宛如又踱进情场。有时把儿女的痴梦拿来细味，自己不知不觉也走到梦里去了，孩提的想头和希望都占着做父亲者的心窝，虽然这些事他们从前曾经热烈地执着过，后来又颓然扔开了。人们下半生的心境又恢复到前半生那样了，有时从父愁里也产生出春愁和乡愁。

记得去年快有儿子时候，我的父亲从南方写信来说道："你现在也快做父亲了，有了孩子，一切要耐忍些。"我年来常常记起这几句话，感到这几句叮咛包括了整个人生。

第四章

莫道桑榆晚

七十书怀

汪曾祺 / 文

六十岁生日，我曾经写过一首诗：

> 冻云欲湿上元灯，
>
> 漠漠春阴柳未青。
>
> 行过玉渊潭畔路，
>
> 去年残叶太分明。

这不是"自寿"，也没有"书怀"，"即事"而已。六十岁生日那天一早，我按惯例到所居近处的玉渊潭遛了一个弯，所写是即目所见。为什么提到上元灯？因为我的生日是旧历的正月十五。据说我是日落酉时诞生，那么正是要"上灯"的时候。沾了元宵节的光，我的生日总不会忘记。但是小时不做生日，到了那天，我总是鼓捣一个很大的，下面安四个轱辘的兔子灯，晚上牵了自制的兔子灯，里面插了蜡烛，在家里厅堂过道里到处跑，有时还要牵到相熟的店铺中去串门。我没有"今天是我的生日"的意识，只是觉得过"灯节"（我们那里把元宵叫作"灯节"）很好玩。十九岁离乡，四方漂泊，过什么生日！后来在北京安家，孩子也大了，家里人对我的生日渐渐重视起来，到了那天，总得"表示"一下。尤其是我的孙女和外孙女，她们对我的生日比别人更为热心，因为那天可以吃蛋糕。六十岁是个整寿，但我觉得无所谓。诗的后两句似乎有些感慨，因为这时"文化大革命"过去不久，容易触景生情，但是究竟有什么感慨，也说不清。那天是阴天，好像要下雪。天气其实是很舒服的，诗的前两句隐隐约约有一点喜悦。总之，并不衰飒，更没有过一年少一年这样的颓唐的心情。

一晃，十年过去了，我七十岁了。七十岁生日那天写了一首《七十书怀出律不改》：

悠悠七十犹耽酒，

唯觉登山步履迟。

书画萧萧余宿墨，

文章淡淡忆儿时。

也写书评也作序，

不开风气不为师。

假我十年闲粥饭，

未知留得几囊诗。

这需要加一点注解。

中国人的平均寿命比以前增高多了。我记得小时候看家里大人和亲戚，过了五十，就是"老太爷"了。我祖父六十岁生日，已经被称为"老寿星"。"人生七十古来稀"，现在七十岁不算稀奇了，不过七十总是个"坎儿"。不知从什么时候起，别人对我的称呼从"老汪"改成了"汪老"。我并无老大之感。但从去年下半年，我一想我再没有六十几了，不免有一点紧张。我并不太怕死，但是进入七十，总觉得去日苦多，是无可奈何的事。所幸者，身体还好。去年年底，还上了一趟武夷山。武夷山是低山，但总是山。我一度心肌缺氧，一般不登山。这次到了武夷绝顶仙游。没有感到心脏有负担。看来我的身体比前几年还要好一些，再工作几年，问题不大。当然，上山比年轻人要慢一些。因此，去年下半年偶尔会有的紧张感消失了。

我的写字画画本是遣兴自娱而已，偶尔送一两件给熟朋友。后来求字求画者渐多。大概求索者以为这是作家的字画，不同于书家画家之作，悬之室中，别有情趣耳，其实，都是不足观的。我写字画画，不暇研墨，只用墨汁。写完画完，也不洗砚盘色碟，连笔也不涮。下次再写、再画，加一点墨汁。"宿墨"是记实。今年（一九九○）一月十五日，画水仙金鱼，题了两句诗：

宜入新春未是春，

残笺宿墨隔年人。

这幅画的调子是灰的，一望而知用的是宿墨。用宿墨，只是懒，并非追求一种风格。

有一个文学批评用语我始终不懂是什么意思，叫做"淡化"。淡化主题、淡化人物、淡化情节，当然，最终是淡化政治。"淡化"总是不好的。我是被有些人划入淡化一类了的。我所不懂的是：淡化，是本来是浓的，不淡的，或应该是不淡的，硬把它化得淡了。我的作品确实是比较淡的，但它本来就是那样，并没有经过一个"化"的过程。我想了想，说我淡化，无非是说没有写重大题材，没有写性格复杂的英雄人物，没有写强烈的，富于戏剧性的矛盾冲突，但这是我的生活经历，我的文化素养，我的气质所决定的。我没有经历过太多的波澜壮阔的生活，没有见过叱咤风云的人物，你叫我怎么写？我写作，强调真实，大都有过亲身感受，我不能靠材料写作。我只能写我所熟悉的平平常常的人和事，或者如姜白石所说"世间小儿女"。我只能用平平常常的思想感情去了解他们，用平平常常的方法表现他们。这结果就是淡。但是"你不能改变我"，我就是这样，谁也不能下命令叫我照另外一种样子去写。我想照你说的那样去写，也办不到。除非把我回一次炉，重新生活一次。我已经七十岁了，回炉怕是很难。前年《三月风》杂志发表我一篇随笔，请丁聪同志画了我一幅漫画头像，编辑部要我自己题几句话，题了四句诗：

近事模糊远事真，

双眸犹幸未全昏。

衰年变法谈何易，

唱罢莲花又一春。

《绣襦记》《教歌》两个叫花子唱的"莲花落"有句"一年春尽又是一年春"，我很喜欢这句唱词。七十岁了，只能一年又一年，唱几句莲花落。

《七十书怀出律不改》，"出律"指诗的第五、六两句失粘，并因此影响最后两句平仄也颠倒了。我写的律诗往往有这种情况，五六两句失粘。为什么不改？因为这是我要说的主要两句话，特别是第六句，所书之怀，也仅此耳。改了，原意即不妥帖。

我是赞成作家写评论的，也爱看作家所写的评论。说实在的，我觉得评论家所写的评论实在有点让人受不了。结果是作法自毙。写评论的差事有时会落到我的头上。我认为评论家最让人受不了的，是他们总是那样自信。他们像我写的小说《鸡鸭名家》里的陆长庚一样，一眼就看出这只鸭是几斤几两，这个作家该打几分。我觉得写评论是非常冒险的事：你就能看得那样准？我没有这样的自信。人到一定岁数，就有为人写序的义务。我近年写了一些序。

去年年底就写了三篇，真成了写序专家。写序也很难，主要是分寸不好掌握，深了不是，浅了不是。像周作人写序那样，不着边际，是个办法。但是一，我没有那样大的学问；二，丝毫不涉及所序的作品，似乎有欠诚恳。因此，临笔踌躇，煞费脑筋。好像是法朗士说过："关于莎士比亚，我所说的只是我自己。"写书评、写序，实际上是写写书评、写序的人自己。借题发挥，拿别人来"说事"，当然不太好，但是书评和序里总会流露出本人的观点，本人的文学主张。我不太希望我的观点、主张被了解，愿意和任何人保持一定的距离；但是自设屏障，拒人千里，把自己藏起来，完全不让人了解，似也不必。因此，"也写书评也作序"。

"不开风气不为师"，是从龚定庵的诗里套出来的。龚定庵的原句是"但开风气不为师"。龚定庵的诗貌似谦虚，实很狂傲。——龚定庵是谦虚的人么？但是龚定庵是有资格说这个话。他确实是个"开风气"的。他的带有浓烈的民主色彩的个性解放思想撼动了一代人，他的宗法公羊家的奇崛矫矢的文体对于当时和后代都起了很大的影响。他的思想不成体系，不立门户，说是"不为师"倒也是对的。近四五年，有人说我是这个那个流派的始作俑者，这很出乎我的意外。我从来没有想到提倡什么，我绝无"来吾导乎先路也"的气魄，我只是"悄没声地"自己写一点东西而已。有一些青年作家受了我的影响，甚至有人有意地学我，这情况我是知道的。我要诚恳地对这些青年作家说：不要这样。第一，不要"学"任何人。第二，不要学我。我希望青年作家在起步的时候写得新一点，怪一点，朦胧一点，荒诞一点，狂妄一点，不要过早地归于平淡。三四十岁就写得很淡，那，到我这样的年龄，怕就什么也没有了。这个意思，我在几篇序文中都说到，是真话。

看相的说我能活九十岁，那太长了！不过我没有严重的器质性的病，再对付十年，大概还行。我不愿当什么"离休干部"，活着，就还得做一点事。我希望再出一本散文集、一本短篇小说集，把《聊斋新义》写完，如有可能，把酝酿已久的长篇历史小说《汉武帝》写出来。这样，就差不多了。

七十书怀，如此而已。

九十五岁初度

季羡林 / 文

又碰到了一个生日。一副常见的对联的上联是："天增岁月人增寿。"我又增了一年寿。庄子说：万物方生方死。从这个观点上来看，我又死了一年，向死亡接近了一年。

不管怎么说，从表面上来看，我反正是增长了一岁，今年算是九十五岁了。

在增寿的过程中，自己在领悟、理解等方面有没有进步呢？

仔细算，还是有的。去年还有一点叹时光之流逝的哀感，今年则完全没有了。这种哀感在人们中是最常见的。然而也是最愚蠢的。"人间正道是沧桑"，时光流逝，是万古不易之理。人类，以及一切生物，是毫无办法的。"夫天地者，万物之逆旅；光阴者，百代之过客。"对于这种现象，最好的办法是听之任之，用不着什么哀叹。

我现在集中精力考虑的一个问题是：如何避免"当时只道是寻常"的这种尴尬情况。"当时"是指过去的某一个时间。"现在"，过一些时候也会成为"当时"的。这样一来，我们就会永远有这样的哀叹。我认为，我们必须从事实上，也可以说是从理论上考虑和理解这个问题。我想谈两个问题，第一个是如何生活，第二个是如何回忆生活。

先谈第一个问题。

一般人的生活，几乎普遍有一个现象，就是倥偬。用习惯的说法就是匆匆忙忙。"五四"运动以后，我在济南读到了俞平伯先生的一篇文章。文中引用了他夫人的话："从今以后，我们要仔仔细细过日子了。"言外之意就是嫌眼前日子过得不够仔细，也许就是日子过得太匆匆的意思。怎样才叫仔仔细细呢？俞先生夫妇都没有解释，至今还是个谜。我现在不揣冒昧，加以解释。所谓仔仔细细就是：多一些典雅，少一些粗暴；多一些温柔，少一些莽撞。总之，多一些人性，少一些兽性；如此而已。

至于如何回忆生活，首先必须指出：这是古今中外一个常见的现象。一个人，不管活得多长多短，一生中总难免有什么难以忘怀的事情。这倒不一定都是喜庆的事情，比如洞房花烛夜，金榜题名时之类。这固然使人终身难忘。反过来，像夜走麦城这样的事，如果关羽能够活下来，他也不会忘记的。

总之，我认为，回想一些俱往矣类的事情，总会有点好处。回想喜庆的事情，能使人增加生活的情趣，提高向前进的勇气。回忆倒霉的事情，能使人引以为鉴，不至再蹈覆辙。

现在，我在这里，必须谈一个无论如何也绕不过去的问题：死亡问题。我已经活了九十五年。无论如何也必须承认这是高龄。但是，在另一方面，它离死亡也不会太远了。

一谈到死亡，没有人不厌恶的。我虽然还不知道死亡究竟是什么样子，我也并不喜欢它。

写到这里，我想加上一段非无意义的问话。对于寿命的态度，东西方是颇不相同的。中国人重寿，自古已然。汉瓦当文"延年益寿"，可见汉代的情况。人名"李龟年"之类，也表示了长寿的愿望。从长寿再进一步，就是长生不老。李义山诗："嫦娥应悔窃灵药，碧海青天夜夜心。"灵药当即不死之药。这也是一些人，包括几个所谓英主在内，所追求的境界。汉武帝就是一个狂热的长生不老的追求者。精明如唐太宗者，竟也为了追求长生不老而服食玉石散之类的矿物，结果是中毒而死。

上述情况，在西方是找不到的。没有哪一个西方的皇帝或国王会追求长生不老。他们认为，这是无稽之谈，不屑一顾。

我虽然是中国人，长期在中国传统文化熏陶下成长起来的；但是，在寿与长生不老的问题上，我却倾向西方的看法。中国民间传说中有不少长生不老的故事，这些东西侵入正规文学中，带来了不少的逸趣，但始终成不了正果。换句话说，就是，中国人并不看重这些东西。

中国人是讲求实际的民族。人一生中，实际的东西是不少的。其中最突出的一个东西就是死亡。人们都厌恶它，但是却无能为力。

上文中我已经涉及死亡问题，现在再谈一谈。一个九十五岁的老人，若不想到死亡，那才是天下之怪事。我认为，重要的事情，不是想到死亡，而是怎样理解死亡。世界上，包括人类在内，林林总总，生物无虑上千上万。生物的关键就在于生，死亡是生的对立面，是生的大敌。既然是大敌，为什么不铲除之而后快呢？铲除不了的。有生必有死，是人类进化的规律，是一切生物的规律，是谁也违背不了的。

对像死亡这样的谁也违背不了的灾难，最有用的办法是先承认它，不去同它对着干，然后整理自己的思想感情。我多年以来就有一个座右铭："纵浪大化中，不喜亦不惧。应尽便须尽，无复独多虑。"是陶渊明的一首诗。"该死就去死，不必多嘀咕。"多么干脆利落！我目前的思想感情也还没有超过这个阶段。江文通《恨赋》最后一句话是："自古皆有死，莫不饮恨而吞声！"我相信，在我上面说的那些话的指引下，我一不饮恨，二不吞声。我只是顺其自然，随遇而安。

　　我也不信什么轮回转世。我不相信，人们肉体中还有一个灵魂。在人们的躯体还没有解体的时候灵魂起什么作用，自古以来，就没有人说得清楚。我想相信，也不可能。

　　对你目前的九十五岁高龄有什么想法？我既不高兴，也不厌恶。这本来是无意中得来的东西，应该让它发挥作用。比如说，我一辈子舞笔弄墨，现在为什么不能利用我这一支笔杆子来鼓吹升平，增强和谐呢？现在我们的国家是政通人和、海晏河清。可以歌颂的东西真是太多太多了。歌颂这些美好的事物，九十五年是不够的。因此，我希望活下去。岂止于此，相期以茶。

说死说活

史铁生 / 文

史铁生 ≠ 我

要是史铁生死了，并不就是我死了——虽然我现在不得不以史铁生之名写下这句话，以及现在有人喊史铁生，我不得不答应。

史铁生死了——这消息日夜兼程，必有一天会到来，但那时我还在。要理解这件事，事先的一个思想练习是：传闻这一消息的人，哪一个不是"我"呢？有哪一个——无论其尘世的姓名如何——不是居于"我"的角度在传与闻呢？

生 = 我

死是不能传闻任何消息的——这简直可以是死的鉴定。那么，死又是如何成为消息的呢？唯有生，可使死得以传闻，可使死成为消息。譬如死寂的石头，是热情的生命使其泰然或冥顽的品质得以流传。

故可将死作如是观：死是生之消息的一种。

然而生呢，则必是"我"之角度的确在，或确认。

无辜的史铁生

假设谁有一天站在了史铁生的坟前，或骨灰盒前，或因其死无（需）葬身之地而随便站在哪儿，悼念他，唾弃他，或不管以什么方式涉及他，因而劳累甚至厌倦，这事都不能怨别人，说句公道话也不能怨史铁生，这事怨"我"之不死，怨不死之"我"或需悼念以使情感延续，或需唾弃以利理性发展，总之，怨不死的"我"需要种种传闻来构筑"我"的不死，需要种种情绪来放牧活蹦乱跳的生之消息。

史铁生≈我使用过的一台电脑

一个曾经以其相貌、体型和动作特征来显明为史铁生的天地之造物，损坏了，不能运作了，无法修复了，报废了，如此而已。就像一只老羊断了气而羊群还在。就像一台有别于其他很多台的电脑被淘汰了，但曾流经它的消息还在，还在其曾经所联之网上流传。史铁生死了，世界之风流万种、困惑千重的消息仍在流传，经由每一个"我"之点，连接于亿万个"我"之间。

浪与水 = 我与"我"

浪终归要落下去，水却还是水。水不消失，浪也就不会断灭。浪涌浪落，那是水的存在方式，是水的欲望（也叫运动），是水的表达、水的消息、水的联接与流传。哪一个浪是我呢？哪一个浪又不是"我"呢？

从古至今，死去了多少个"我"呀，但"我"并不消失，甚至并不减损。那是因为，世界是靠"我"的延续而流传为消息的。也许是温馨的消息，也许是残忍的消息，但肯定是生动鲜活的消息，这消息只要流传，就必定是"我"的接力。

永远的生 = 不断地死

有生以来，你已经死掉了多少个细胞呀，你早已经不是原来的你了，你的血肉之躯已不知死了多少回，而你却还是你！你是在流变中成为你的，世界是在流变中成为世界的。正如一个个音符，以其死而使乐曲生。

赫拉克利特说"一个人不能两次踏入同一条河流",但是,一条河流能够两次被同一个人踏入吗?同样的逻辑,还可以继续问:一个人可以一次踏入同一条河流吗?

永恒的消息

但是,总有人在踏入河流,总有河流在被人踏入。踏入河流的人,以及被踏入的河流,各有其怎样的尘世之名,不过标明永恒消息的各个片段、永恒乐曲的各个章节。而"我"踏入河流、爬上山巅、走在小路与大道、走过艰辛与欢乐、途经一个个幸运与背运的姓名……这却是历史之河所流淌着的永恒消息。正像血肉之更迭,传递成你生命的游戏。

你在哪儿?

你由亿万个细胞组成,但你不能说哪一个细胞就是你,因为任何一个细胞的死亡都不影响你仍然活着。可是,如果每一个细胞都不是你,你又在哪儿呢?

同样,你思绪万千,但你不能说哪一种思绪就是你,可如果每一种思绪都不是你,你又在哪儿呢?

同样,你经历纷繁,但你不能说哪一次经历就是你,可如果每一次经历都不是你，你到底在哪儿呢？

无限小与无限大

你在变动不居之中。或者干脆说，你就是变动不居：变动不居的细胞组成、变动不居的思绪结构、变动不居的经历之网。你一直变而不居，分分秒秒的你都不一样，你就像赫拉克利特的河，倏忽而不再。你的形转瞬即逝，你的肉身无限短暂。

可是，变动不居的思绪与经历，必定是牵系于变动不居的整个世界。正像一个音符的存在，必是由于乐曲中每一个音符的推动与召唤。因此，每一个音符中都有全部乐曲的律动，每一个浪的涌落都携带了水的亘古欲望，每一个人的灵魂都牵系着无限存在的消息。

群的故事

有生物学家说：整个地球，应视为一个整体的生命，就像一个人。人有五脏六腑，地球有江河林莽、原野山峦。人有七情六欲，地球有风花雪月、海啸山崩。人之欲壑难填，地球永动不息。那生物学家又说：譬如蚁群，也是一个整体的生命，每一只蚂蚁不过是它的一个细胞。那生物学家还说：人的大脑就像蚁群，是脑细胞的集群。

那就是说：一个人也是一个细胞群，一个人又是人类之集群中的一个细胞。那就是说：一个人死了，正像永远的乐曲走过了一个音符，正像永远的舞蹈走过了一个舞姿，正像永远的戏剧走过了一个情节，以及正像永远的爱情经历了一次亲吻，永远的跋涉告别了一处村庄。当一只蚂蚁（一个细胞，一个人）沮丧于生命的短暂与虚无之时，蚁群（细胞群，人类，乃至宇宙）正坚定地抱紧着一个心醉神痴的方向——这是唯一的和永远的故事。

我离开史铁生以后

我离开史铁生以后史铁生就成了一具尸体，但不管怎么说，白白烧掉未免可惜。浪费总归不好。我的意思是：

一、先可将其腰椎切开，到底看看那里面出过什么事——在我与之朝夕相处的几十年里，有迹象表明那儿发生了一点儿故障，有人猜是硬化了，有人猜是长了什么坏东西，具体怎么回事一直不甚明了。我答应过医生，一旦史铁生撒手人寰，就可以将其剖开看个痛快。那故障以往没少给我捣乱，但愿今后别再给"我"添麻烦。

二、然后再将其角膜取下，谁用得着就给谁用去，那两张膜还是拿得出手的。其他好像就没什么了。剩下的器官早都让我用得差不多了，不好意思再送给谁——肾早已残败不堪，血管里又淤积了不少废物，因为吸烟，肺料必是脏透了。大脑么，肯定也不是一颗聪明的大脑，不值得谁再用，况且这东西要是还能用，史铁生到底是死没死呢？

史铁生之墓

上述两种措施之后，史铁生仍不失为一份很好的肥料，可以让它去滋养林中的一棵树，或海里的一群鱼。

不必过分地整理他，一衣一裤一鞋一袜足矣，不非是纯棉的不可，物质原本都出于一次爆炸。其实，他曾是赤条条地来，也该让他赤条条地去，但我理解伊甸园之外的风俗；何况他生前知善知恶、欲念纷纭，也不配受那园内的待遇。但千万不要给他整容化装，他生前本不漂亮，死后也不必弄得没人认识。就这些。然后就把他送给鱼或者树吧。送给鱼就怕路太远，那就说定送给树。倘不便囫囵着埋在树下，烧成灰埋也好。埋在越是贫瘠的土地上越好，我指望他说不定能引起一片森林，甚至一处煤矿。

但要是这些事都太麻烦，就随便埋在一棵树下拉倒，随便洒在一片荒地或农田里都行，也不必立什么标识。标识无非是要让我们记起他。那么反过来，要是我们会记起他，那就是他的标识。在我们记起他的那一处空间里甚至那样一种时间里，就是史铁生之墓。我们可以在这样的墓地上做任何事，当然最好是让人高兴的事。

顺便说一句：我对史铁生很不满意

我对史铁生的不满意是多方面的。身体方面就不苟责他了吧。品质方面，现在也不好意思就揭露他。但关于他的大脑，我不能不抱怨几句，那个笨而又笨的大脑曾经把我搞得苦不堪言。那个大脑充其量是个三流大脑，也许四流。以电脑作比吧，他的大脑顶多算得上是"286"——运转速度又慢（反应迟钝），贮存量又小（记忆力差），很多高明的软件（思想）他都装不进去（理解不了）——我有多少个好的构思因此没有写出来呀，光他写出的那几篇东西算个狗屁！

一件疑案

在我还是史铁生的时候我就说过：我真不想是史铁生了。也就是说，那时我真不想是我了，我想是别人，是更健康、更聪明、更漂亮、更高尚的角色，比如张三，抑或李四。但这想法中好像隐含着一些神秘的东西：那个不想再是我的我，是谁？那个想是张三抑或李四抑或别的什么人的我，是谁呢？如果我是如此的不满意我，这两个我是怎样意义上的不同呢？如果我仅仅是我，仅仅在我之中，我就无从不满意我。就像一首古诗中说的，"不识庐山真面目，只缘身在此山中"。如果我不满意我，就说明我不仅仅在我之中，我不仅仅是我，必有一个大于我的我存在着——那是谁？是什么？在哪儿？不过这件事，恐怕在我还与史铁生相依为命的时候，是很难有什么确凿的证据以正视听了。

但是有一种现象，似于探明上述疑案有一点儿启发——请到处去问问看，不肯定在哪儿，但肯定会有这样的消息：我就是张三。我就是李四。以及：我就是史铁生。甚至：我就是我。

又是一年芳草绿

老舍 / 文

悲观有一样好处，它能叫人把事情都看轻了一些。这个可也就是我的坏处，它不起劲，不积极。您看我挺爱笑不是？因为我悲观。悲观，所以我不能板起面孔，大喊："孤——刘备！"我不能这样。一想到这样，我就要把自己笑毛咕了。看着别人吹胡子瞪眼睛，我从脊梁沟上发麻，非笑不可。我笑别人，因为我看不起自己。别人笑我，我觉得应该；说得天好，我不过是脸上平润一点的猴子。我笑别人，往往招人不愿意；不是别人的量小，而是不像我这样稀松，这样悲观。

我打不起精神去积极的干，这是我的大毛病。可是我不懒，凡是我该作的我总想把它作了，纯为得点报酬养活自己与家里的人——往好了说，尽我的本分。我的悲观还没到想自杀的程度，不能不找点事作。有朝一日非死不可呢，那只好死喽，我有什么法儿呢？

这样，你瞧，我是无大志的人。我不想作皇上。最乐观的人才敢作皇上，我没这份胆气。

有人说我很幽默，不敢当。我不懂什么是幽默。假如一定问我，我只能说我觉得自己可笑，别人也可笑；我不比别人高，别人也不比我高。谁都有缺欠，谁都有可笑的地方。我跟谁都说得来，可是他得愿意跟我说；他一定说他是圣人，叫我三跪九叩报门而进，我没这个瘾。我不教训别人，也不听别人的教训。幽默，据我这么想，不是嬉皮笑脸，死不要鼻子。

也不是怎股子劲儿，我成了个写家。我的朋友德成粮店的写账先生也是写家，我跟他同等，并且管他叫二哥。既是个写家，当然得写了。"风格即人"——还是"风格即驴"？——我是怎个人自然写怎样的文章了。于是有人管我叫幽默的写家。我不以这为荣，也不以这为辱。我写我的。卖得出去呢，多得个三块五块的，买什么吃不香呢。卖不出去呢，拉倒，我早知道指着写文章吃饭是不易的事。

稿子寄出去，有时候是肉包子打狗，一去不回头；连个回信也没有。这，咱只好幽默；多咱见着那个骗子再说，见着他，大概我们俩总有一个笑着去见阎王的。不过，这是不很多见的，要不怎么我还没想自杀呢。常见的事是这个，稿子登出去，酬金就睡着了，睡得还是挺香甜。直到我也睡着了，它忽然来了，仿佛故意吓人玩。数目也惊人，它能使我觉得自己不过值一毛五一斤，比猪肉还便宜呢。这个咱也不说什么，国难期间，大家都得受点苦，人家开铺子的也不容易，掌柜的吃肉，给咱点汤喝，就得念佛。是的，我是不能当皇上，焚书坑掌柜的，咱没那个狠心，你看这个幼儿！不过，有人想坑他们呢，我也不便拦着。

这么一来，可就有许多人看不起我。连好朋友都说："伙计，你也硬正着点，说你是为人类而写作，说你是中国的高尔基；你太泄气了！"真的，我是泄气，我看高尔基的胡子可笑。他老人家那股子自卖自夸的劲儿，打死我也学不来。人类要等着我写文章才变体面了，那恐怕太晚了吧？我老觉得文学是有用的；拉长了说，它比任何东西都有用，都高明。可是往眼前说，它不如一尊高射炮，或一锅饭有用。我不能吆喝我的作品是"人类改造丸"。我也不相信把文学杀死便天下太平。我写就是了。

别人的批评呢？批评是有益处的。我爱批评，它多少给我点益处；即使完全不对，不是还让我笑一笑吗？自己写的时候仿佛是蒸馒头呢，热气腾腾，莫名其妙。及至冷眼人一看，一定看出许多错儿来。我感谢这种指摘。说的不对呢，那是他的错儿，不干我的事。我永不驳辩，这似乎是胆儿小；可是也许是我的宽宏大量。我不便往自己脸上贴金。一件事总得由两面儿瞧，是不是？

对于我自己的作品，我不拿她们当作宝贝。是呀，当写作的时候，我是卖了力气，我想往好了写。可是一个人的天才与经验是有限的，谁也不敢保了老写的好，连荷马也有打盹的时候。有的人呢，每一拿笔便想到自己是但丁，是莎士比亚。这没有什么不可以的，天才须有自信的心。我可不敢这样，我的悲观使我看轻自己。我常想客观的估量估量自己的才力；这不易作到，我究竟不能像别人看我看得那样清楚；好吧，既不能十分看清楚了自己，也就不用装蒜，谦虚是必要的，可是装蒜也大可以不必。

对作人，我也是这样。我不希望自己是个完人，也不故意地招人家的骂。该求朋友的呢，就求；该给朋友作的呢，就作。作得好不好，咱们大家凭良心。所以我很和气，见着谁都能扯一套。可是，初次见面的人，我可是不大爱说话；

特别是见着女人，我简直张不开口，我怕说错了话。在家里，我倒不十分怕太太，可是对别的女人老觉着恐慌，我不大明白妇女的心理；要是信口开河的说，我不定说出什么来呢，而妇女又爱挑眼。男人也有许多爱挑眼的，所以初次见面，我不大愿开口。我最不喜辩论，因为红着脖子粗着筋的太不幽默。我最不喜欢好吹腾的人，可并不拒绝与这样的人谈话；我不爱这样的人，但喜欢听他的吹。最好是听着他吹，吹着吹着连他自己也忘了吹到什么地方去，那才有趣。

　　可喜的是有好几位生朋友都这么说："没见着阁下的时候，总以为阁下有八十多岁了。敢情阁下并不老。"是的，虽然将奔四十的人，我倒还不老。因为对事轻淡，我心中不大藏着计划，作事也无须耍手段，所以我能笑，爱笑；天真的笑多少显着年轻一些。我悲观，但是不愿老声老气地悲观，那近乎"虎事"。我愿意老年轻轻的，死的时候像朵春花将残似的那样哀而不伤。我就怕什么"权威"咧，"大家"咧，"大师"咧，等等老气横秋的字眼们。我爱小孩，花草，小猫，小狗，小鱼；这些都不"虎事"。偶尔看见个穿小马褂的"小大人"，我能难受半天，特别是那种所谓聪明的孩子，让我难过。比如说，一群小孩都在那儿看变戏法儿，我也在那儿，单会有那么一两个七八岁的小老头说："这都是假的！"这叫我立刻走开，心里堵上一大块。世界确是更"文明"了，小孩也懂事懂得早了，可是我还愿意大家傻一点，特别是小孩。假若小猫刚生下来就会捕鼠，我就不再养猫，虽然它也许是个神猫。

我不大爱说自己，这多少近乎"吹"。人是不容易看清楚自己的。不过，刚过完了年，心中还慌着，叫我写"人生于世"，实在写不出，所以就近的拿自己当材料。万一将来我不得已而作了皇上呢，这篇东西也许成为史料，等着瞧吧。

老年

梁实秋 / 文

  时间走得很均匀，说快不快，说慢不慢。不知从什么时候起在宴会中总是有人簇拥着你登上座，你自然明白这是离入祠堂之日已不太远。上下台阶的时候常有人在你肘腋处狠狠地搀扶一把，这是提醒你，你已到达了杖乡杖国的高龄，怕你一跤跌下去，摔成好几截。黄口小儿一晃的功夫就蹿高好多，在你眼前跌跌跰跰地跑来跑去，喊着阿公阿婆，这显然是在催你老。

  其实人之老也，不需人家提示。自己照照镜子，也就应该心里有数。马溜溜毛毵毵的头发哪里去了？由黑而黄，而灰，而斑，而耄耄然，而稀稀落落，而牛山濯濯，活像一只秃鹫。瓠犀一般的牙齿哪里去了？不是熏得焦黄，就是咧着罅隙，再不就是露出七零八落的豁口。脸上的肉七棱八瓣，而且平添无数雀斑，有时排列有序如星座，这个像大熊，那个像天蝎。下巴颏儿底下的垂肉变成了空口袋，捏着一揪，两层松皮久久不能恢复原状。两道浓眉之间有毫毛秀出，像是麦芒，又像是兔须。眼睛无端淌泪，有时眼角上还会分泌出一堆堆的桃胶凝聚在那里。总之，老与丑是不可分的。《尔雅》："黄发、龀齿、鲐背、耇老，寿也。"寿自管寿，丑还是丑。

老的征象还多得是。还没有喝忘川水，就先善忘。文字过目不旋踵就飞到九霄云外，再翻寻有如海底捞针。老友几年不见，觌面说不出他的姓名，只觉得他好生面善。要办事超过三件以上，需要结绳，又怕忘了哪一个结代表哪一桩事，如果笔之于书，又可能忘记备忘录放在何处。大概是脑髓用得太久，难免漫漶，印象当然模糊。目视茫茫，眼镜整天价戴上又摘下，摘下又戴上。两耳聋聩，无以乎钟鼓之声，倒也罢了，最难堪是人家说东你说西。龀牙动摇，咀嚼的时候像反刍，而且有时候还需要戴围嘴。至于登高腿软，久坐腰疫，睡一夜浑身关节滞涩，而且睁着大眼睛等天亮，种种现象不一而足。

老不必叹，更不必讳。花有开有谢，树有荣有枯。桓温看到他"种柳皆已十围，慨然曰：'木犹如此，人何以堪！'攀枝执条，泫然流泪"。桓公是一个豪迈的人，似乎不该如此。人吃到老，活到老，经过多少狂风暴雨惊涛骇浪，还能双肩承一喙，俯仰天地间，应该算是幸事。荣启期说："人生有不见日月不免襁褓者。"所以他行年九十，认为是人生一乐。叹也无用，乐也无妨，生、老、病、死，原是一回事。有人讳言老，算起岁数来斤斤计较按外国算法还是按中国算法，好像从中可以讨到一年便宜。更有人老不歇心，怕以皤皤华首见人，偏要染成黑头。半老徐娘，驻颜无术，乃乞灵于整容郎中化妆师，隆鼻隼，抽脂肪，扫青黛眉，眼睫涂成两个黑窟窿。"物老为妖，人老成精。"人老也就罢了，何苦成精？

老年人该做老年事，冬行春令实是不祥。西塞罗说："人无论怎样老，总是以为自己还可以再活一年。"是的，这愿望不算太奢。种种方面的人欠欠人，正好及时做个了结。贤者识其大，不贤者识其小，各有各的算盘，大主意自己拿。最低限度，别自寻烦恼，别碍人事，别讨人嫌。"有人问莎孚克利斯（通译索福克勒斯），年老之后还有没有恋爱的事，他回答得好，'上天不准！我好容易逃开了那种事，如逃开凶恶的主人一般。'"这是说，老年人不再追求那花前月下的旖旎风光，并不是说老年人就一定如槁木死灰一般的枯寂。人生如游山。年轻的男男女女携着手儿陟彼高冈，沿途有无限的赏心乐事，兴致淋漓，也可能遇到一些挫沮，歧路彷徨，不过等到日云暮矣，互相扶持着走下山冈，却正别有一番情趣。白居易《睡觉》诗："老眠早觉常残夜，病力先衰不待年，五欲已销诸念息，世间无境可勾牵。"话是很洒脱，未免凄凉一些。五欲指财、色、名、饮食、睡眠。五欲全销，并非易事，人生总还有可留恋的在。江州司马泪湿青衫之后，不是也还未能忘情于诗酒吗？

死后

鲁迅 / 文

我梦见自己死在道路上。

这是那里，我怎么到这里来，怎么死的，这些事我全不明白。总之，待我自己知道已经死掉的时候，就已经死在那里了。

听到几声喜鹊叫，接着是一阵乌老鸦。空气很清爽，——虽然也带些土气息，——大约正当黎明时候罢。我想睁开眼睛来，他却丝毫也不动，简直不像是我的眼睛；于是想抬手，也一样。

恐怖的利镞忽然穿透我的心了。在我生存时，曾经玩笑地设想：假使一个人的死亡，只是运动神经的废灭，而知觉还在，那就比全死了更可怕。谁知道我的预想竟的中了，我自己就在证实这预想。

听到脚步声，走路的罢。一辆独轮车从我的头边推过，大约是重载的，轧轧地叫得人心烦，还有些牙齿齼。很觉得满眼绯红，一定是太阳上来了。那么，我的脸是朝东的。但那都没有什么关系。切切嚓嚓的人声，看热闹的。他们蹴起黄土来，飞进我的鼻孔，使我想打喷嚏了，但终于没有打，仅有想打的心。

陆陆续续地又是脚步声，都到近旁就停下，还有更多的低语声：看的人多起来了。我忽然很想听听他们的议论。但同时想，我生存时说的什么批评不值一笑的话，大概是违心之论罢：才死，就露了破绽了。然而还是听；然而毕竟得不到结论，归纳起来不过是这样——

"死了……"

"嗡。——这……"

"哼！……"

"啧。……唉！……"

我十分高兴，因为始终没有听到一个熟识的声音。否则，或者害得他们伤心；或则要使他们快意；或则要使他们添些饭后闲谈的材料，多破费宝贵的工夫；这都会使我很抱歉。现在谁也看不见，就是谁也不受影响。好了，总算对得起人了！

但是，大约是一个马蚁，在我的脊梁上爬着，痒痒的。我一点也不能动，已经没有除去他的能力了；倘在平时，只将身子一扭，就能使他退避。而且，大腿上又爬着一个哩！你们是做什么的？虫豸？！

事情可更坏了：嗡的一声，就有一个青蝇停在我的颧骨上，走了几步，又一飞，开口便舐我的鼻尖。我懊恼地想：足下，我不是什么伟人，你无须到我身上来寻做论的材料……。但是不能说出来。他却从鼻尖跑下，又用冷舌头来舐我的嘴唇了，不知道可是表示亲爱。还有几个则聚在眉毛上，跨一步，我的毛根就一摇。实在使我烦厌得不堪，——不堪之至。

忽然，一阵风，一片东西从上面盖下来，他们就一同飞开了，临走时还说——

"惜哉！……"

我愤怒得几乎昏厥过去。

木材摔在地上的钝重的声音同着地面的震动，使我忽然清醒，前额上感着芦席的条纹。但那芦席就被掀去了，又立刻感到了日光的灼热。还听得有人说——

"怎么要死在这里？……"

这声音离我很近，他正弯着腰罢。但人应该死在那里呢？我先前以为人在地上虽没有任意生存的权利，却总有任意死掉的权利的。现在才知道并不然，也很难适合人们的公意。可惜我久没了纸笔；即有也不能写，而且即使写了也没有地方发表了。只好就这样抛开。

有人来抬我，也不知道是谁。听到刀鞘声，还有巡警在这里罢，在我所不应该"死在这里"的这里。我被翻了几个转身，便觉得向上一举，又往下一沉；又听得盖了盖，钉着钉。但是，奇怪，只钉了两个。难道这里的棺材钉，是钉两个的么？

我想：这回是六面碰壁，外加钉子。真是完全失败，呜呼哀哉了！……

"气闷！……"我又想。

然而我其实却比先前已经宁静得多，虽然知不清埋了没有。在手背上触到草席的条纹，觉得这尸衾倒也不恶。只不知道是谁给我化钱的，可惜！但是，可恶，收敛的小子们！我背后的小衫的一角皱起来了，他们并不给我拉平，现在抵得我很难受。你们以为死人无知，做事就这样地草率么？哈哈！

我的身体似乎比活的时候要重得多，所以压着衣皱便格外的不舒服。但我想，不久就可以习惯的；或者就要腐烂，不至于再有什么大麻烦。此刻还不如静静地静着想。

"您好？您死了么？"

是一个颇为耳熟的声音。睁眼看时，却是勃古斋旧书铺的跑外的小伙计。不见约有二十多年了，倒还是一副老样子。我又看看六面的壁，委实太毛糙，简直毫没有加过一点修刮，锯绒还是毛毧毧的。

"那不碍事，那不要紧。"他说，一面打开暗蓝色布的包裹来。"这是明板《公羊传》，嘉靖黑口本，给您送来了。您留下他罢。这是……"

"你！"我诧异地看定他的眼睛，说，"你莫非真正胡涂了？你看我这模样，还要看什么明板？……"

"那可以看，那不碍事。"

我即刻闭上眼睛，因为对他很烦厌。停了一会，没有声息，他大约走了。但是似乎一个马蚁又在脖子上爬起来，终于爬到脸上，只绕着眼眶转圈子。

万不料人的思想，是死掉之后也会变化的。忽而，有一种力将我的心的平安冲破；同时，许多梦也都做在眼前了。几个朋友祝我安乐，几个仇敌祝我灭亡。我却总是既不安乐，也不灭亡地不上不下地生活下来，都不能副任何一面的期望。现在又影一般死掉了，连仇敌也不使知道，不肯赠给他们一点惠而不费的欢欣。……

我觉得在快意中要哭出来。这大概是我死后第一次的哭。

然而终于也没有眼泪流下；只看见眼前仿佛有火花一样，我于是坐了起来。

"这也是生活"……

鲁迅 / 文

这也是病中的事情。

有一些事，健康者或病人是不觉得的，也许遇不到，也许太微细。到得大病初愈，就会经验到；在我，则疲劳之可怕和休息之舒适，就是两个好例子。我先前往往自负，从来不知道所谓疲劳。书桌面前有一把圆椅，坐着写字或用心的看书，是工作；旁边有一把藤躺椅，靠着谈天或随意的看报，便是休息；觉得两者并无很大的不同，而且往往以此自负。现在才知道是不对的，所以并无大不同者，乃是因为并未疲劳，也就是并未出力工作的缘故。我有一个亲戚的孩子，高中毕了业，却只好到袜厂里去做学徒，心情已经很不快活的了，而工作又很繁重，几乎一年到头，并无休息。他是好高的，不肯偷懒，支持了一年多。有一天，忽然坐倒了，对他的哥哥道："我一点力气也没有了。"

他从此就站不起来，送回家里，躺着，不想饮食，不想动弹，不想言语，请了耶稣教堂的医生来看，说是全体什么病也没有，然而全体都疲乏了。也没有什么法子治。自然，连接而来的是静静的死。我也曾经有过两天这样的情形，但原因不同，他是做乏，我是病乏的。我的确什么欲望也没有，似乎一切都和我不相干，所有举动都是多事，我没有想到死，但也没有觉得生；这就是所谓"无欲望状态"，是死亡的第一步。曾有爱我者因此暗中下泪；然而我有转机了，我要喝一点汤水，我有时也看看四近的东西，如墙壁，苍蝇之类，此后才能觉得疲劳，才需要休息。

象心纵意的躺倒，四肢一伸，大声打一个呵欠，又将全体放在适宜的位置上，然而弛懈了一切用力之点，这真是一种大享乐。在我是从来未曾享受过的。我想，强壮的，或者有福的人，恐怕也未曾享受过。

记得前年，也在病后，做了一篇《病后杂谈》，共五节，投给《文学》，但后四节无法发表，印出来只剩了头一节了。虽然文章前面明明有一个"一"字，此后突然而止，并无"二""三"，仔细一想是就会觉得古怪的，但这不能要求于每一位读者，甚而至于不能希望于批评家。于是有人据这一节，下我断语道："鲁迅是赞成生病的。"现在也许暂免这种灾难了，但我还不如先在这里声明一下："我的话到这里还没有完。"

有了转机之后四五天的夜里，我醒来了，喊醒了广平。

"给我喝一点水。并且去开开电灯，给我看来看去的看一下。"

"为什么？……"她的声音有些惊慌，大约是以为我在讲昏话。

"因为我要过活。你懂得么？这也是生活呀。我要看来看去的看一下。"

"哦……"她走起来，给我喝了几口茶，徘徊了一下，又轻轻的躺下了，不去开电灯。

我知道她没有懂得我的话。

街灯的光穿窗而入，屋子里显出微明，我大略一看，熟识的墙壁，壁端的棱线，熟识的书堆，堆边的未订的画集，外面的进行着的夜，无穷的远方，无数的人们，都和我有关。我存在着，我在生活，我将生活下去，我开始觉得自己更切实了，我有动作的欲望——但不久我又坠入了睡眠。

第二天早晨在日光中一看，果然，熟识的墙壁，熟识的书堆……这些，在平时，我也时常看它们的，其实是算作一种休息。但我们一向轻视这等事，纵使也是生活中的一片，却排在喝茶搔痒之下，或者简直不算一回事。我们所注意的是特别的精华，毫不在枝叶。给名人作传的人，也大抵一味铺张其特点，李白怎样做诗，怎样耍颠，拿破仑怎样打仗，怎样不睡觉，却不说他们怎样不耍颠，要睡觉。其实，一生中专门耍颠或不睡觉，是一定活不下去的，人之有时能耍颠和不睡觉，就因为倒是有时不耍颠和也睡觉的缘故。然而人们以为这些平凡的都是生活的渣滓，一看也不看。

于是所见的人或事，就如盲人摸象，摸着了脚，即以为象的样子像柱子。中国古人，常欲得其"全"，就是制妇女用的"乌鸡白凤丸"，也将全鸡连毛血都收在丸药里，方法固然可笑，主意却是不错的。

删夷枝叶的人，决定得不到花果。

为了不给我开电灯，我对于广平很不满，见人即加以攻击；到得自己能走动了，就去一翻她所看的刊物，果然，在我卧病期中，全是精华的刊物已经出得不少了，有些东西，后面虽然仍旧是"美容妙法"，"古木发光"，或者"尼姑之秘密"，但第一面却总有一点激昂慷慨的文章。作文已经有了"最中心之主题"：连义和拳时代和德国统帅瓦德西睡了一些时候的赛金花，也早已封为九天护国娘娘了。

尤可惊服的是先前用《御香缥缈录》，把清朝的宫廷讲得津津有味的《申报》上的《春秋》，也已经时而大有不同，有一天竟在卷端的《点滴》里，教人当吃西瓜时，也该想到我们土地的被割碎，像这西瓜一样。自然，这是无时无地无事而不爱国，无可訾议的。但倘使我一面这样想，一面吃西瓜，我恐怕一定咽不下去，即使用劲咽下，也难免不能消化，在肚子里咕咚的响它好半天。这也未必是因为我病后神经衰弱的缘故。我想，倘若用西瓜作比，讲过国耻讲义，却立刻又会高高兴兴的把这西瓜吃下，成为血肉的营养的人，这人恐怕是有些麻木。对他无论讲什么讲义，都是毫无功效的。

我没有当过义勇军，说不确切。但自己问：战士如吃西瓜，是否大抵有一面吃，一面想的仪式的呢？我想：未必有的。他大概只觉得口渴，要吃，味道好，却并不想到此外任何好听的大道理。吃过西瓜，精神一振，战斗起来就和喉干舌敝时候不同，所以吃西瓜和抗敌的确有关系，但和应该怎样想的上海设定的战略，却是不相干。这样整天哭丧着脸去吃喝，不多久，胃口就倒了，还抗什么敌。

然而人往往喜欢说得稀奇古怪，连一个西瓜也不肯主张平平常常的吃下去。其实，战士的日常生活，是并不全部可歌可泣的，然而又无不和可歌可泣之部相关联，这才是实际上的战士。

我已经七十五岁了，我还有理想

冯骥才 / 文

　　"答谢"这两个字是我们中国人经常挂在嘴边的，我不知道该怎么用谢谢来表达我这一刻心里沉甸甸的、对每一位的真情厚意。很美好的感觉。一些著名的艺术家、我很尊敬的艺术家，都是有思想的人。我们坐在一起，大家向我送雕塑、送画，对我说了那么多好话，有点像个庆功会了，我怎么表达？很难表达出心里的东西，心里的东西还是放在心里最好。德国艺术家这么好的画，美林这么好的雕塑，铁凝这么知己的话。几十年的朋友了，她的讲话，是用心来体会我所做的事情、我的想法，我很感动。朋友之间就是知己，朋友的价值就是他理解你，真正理解你的想法和你所做的事情。

　　我是一个跨时代的人，我身上时代的东西太多。王蒙说，他身上充满了政治的历史和历史的政治。我跟他有一点儿不同，我太多地对时代干预，当然，我也太多地受到了时代对我的人生和命运的干预。我是一个历史和时代的亲历者、参与者和记录者。在这个时代和社会发生巨大转型的时候，我投入了文学。当文化发生转型的时候，我投身到文化。

我对这块土地上的人感情太深了，所以我的文学更关注普通小人物的命运。我记得八十年代末九十年代初的时候，俄罗斯作家、《这里的黎明静悄悄》作者鲍里斯·瓦西里耶夫，托《光明日报》记者给我带来一个信儿，说他对我关切小人物的命运表示敬意。是，我是关切小人物，恐怕也是因为对这块土地的人民的文化太关切了。由于民间文化是人民的文化，所以当大地上的文化遭遇冲击、风雨飘摇的时候，大量的传承人几乎艺绝人亡的时候，我们一定要伸以援手。这都是情不自禁的。

我今年七十五岁了，人的年龄就像大自然的四季一样，往往不知不觉就进入了下一个季节。你还觉得自己是中年人，可年龄上你已经是老年人了。这个时候我们必须要做的事情，就是总结自己，我们要活得明白。尤其是知识分子。知识分子是天生背负着使命到这世界上来的。他就得追求纯粹，他就得洁身自好，他就是理想主义者，他当然也是唯美主义者。我觉得这就是知识分子。到了这个年龄一定要总结自己。

我刚才说，今天的会有点庆功的气氛。冯骥才是不是要给自己树碑立传了？是不是他要享受一点儿马斯洛说的那种成就感？我想，冯骥才还不至于这么无聊。我更希望的是对自己做一个总结。

我的文学，我所写的这几百万字究竟怎样？五年前，我在北京办了一个展览，叫作"四驾马车"，它是我从事的四个方面的工作：文学、绘画、文化遗产保护和教育。我说，不是四匹马拉着我，是我拉着四驾马车。这四驾马车，哪一驾马车我到今天都没有放手，因为它们都走进了我的生命，我放不开。我知道我的事业只有生命能给它画上句号，我没有权力画句号。

可是，我现在有一个问题。今年我到西安去，想沿着丝路，从西安走到麦积山，再走到河西走廊。我想看希腊化的犍陀罗佛教造像，经过塔克拉玛干沙漠的南道北道，穿过河西走廊，再进入中原的一个渐变的中国化的过程。我必须要去一趟麦积山，但是我走到彬县的唐代大佛寺，去年被评上世界文化遗产的地方，我发现一个问题，高的台阶我上不去了。我的同行者说，冯骥才，照这么看，麦积山你绝对上不去。

是的，近两年我跑田野的时间少了，不知不觉在书斋的时间长了，于是我的文学冒出来了。所以我这两年写了四部非虚构的作品，包括我写韩美林的一部口述史。我还写了一部文化随笔——《意大利读画记》，一部小说——《俗世奇人·贰》，总共六部文学作品。媒体说了，冯骥才转型了，掉头回到了文学。是不是我真要回到文学了？我不知道。文学和文化遗产对于今天的我孰轻孰重，我希望大家帮着我思考。

文化遗产抢救不是冯骥才一个人做的，是我们一代人做的。我们在九十年代抢救天津地方的城市文化；进入新世纪初，我们这一批学者发誓要对中国九百六十万平方公里五十六个民族的一切民间文化进行地毯式的、盘清家底的普查。这第一批学者当时很年轻，现在都有点老了，潘鲁生、乔晓光、樊宇、曹保明、刘铁梁，这批专家都有点老了。乌丙安老师今年九十岁了，他来了我很感动，我们十几年前一起爬到了晋中后沟村的山顶上。二〇一五年我邀请了这些专家，重新在后沟村聚一聚。我们聚一聚干什么，只是重温昨天吗？不是，我们要找回当年的状态。

我希望找到八十年代对文学的激情，我希望找到世纪初我们对文化的那种心中的圣火，找出知识分子的那种纯粹感，找出我们内心的纯洁。当时我写了一篇文章，里面有一句话，我说："人最有力量的是背上的脊梁，知识分子是脊梁中间那块骨头。"

我们做的事情是前无古人的。我们的精英文化有《四库全书》做过整理。但是，我们七千年以上农耕文明历史的大地上创造的多彩灿烂的文化从来没做过整理。这些文化大多数我们不知道。在普查时我说过一句话："对大地上的民间文化，我们不知道的远远比我们知道的多得多，无论你是多大的一个学者，都是一样。"可是我们在做这样的文化调查的时候，没有任何依据。前人没有给我们留下经验，在世界上也找不到可以借鉴的方法，没有一个国家做过这样的事情。只有法国人，马尔罗做文化部长的时候，他做过法国的文化普查，但不是民间文化普查，他基本是文物普查。所以我们做的事情是没有依据的，全要靠我们创造的。概念要创造、方法要创造、标准要创造、理论要创造、思想要创造。尤其是思想。

支持我们的是思想。

我特别觉得这三个词儿好：先觉、先倡、先行。这三个概念里边都有先。你凭什么先觉？你凭思想先觉。大学又是一个能够静下来思考的地方，所以我把一部分精力还要放在上面，还要思考。和大家一起思考。思考未来，思辨现在，反思过去。反思我们的工作，也反思自己。

我已经七十五岁了，我还有理想。

在对我进行总结时，我求助于你们，你们是我的镜子，你们将影响我今后的选择。

因此又回到刚开始那句关于"谢谢"的话题，我想大家都知道我这句话在我心里的分量了。所以我真心地、由衷地向大家致谢。

编辑说明

　　本书为名家散文合集，以"岁月人生"为主题，记录不同年龄阶段的故事，教我们如何度过人生，如何面对岁月。其中收录了多位现当代知名作家的代表作品，作者包括学者季羡林，文学家、思想家、革命家鲁迅，散文家梁实秋，作者郁达夫，作家史铁生，画家丰子恺，作家汪曾祺，京韵作家老舍，作家冯骥才，诗人徐志摩，等等。这些名家里，有人多愁善感，有人自由洒脱，有人理智冷静，有人随性淡然，但他们都有一个共同特点：对生活的观察细致入微，有一双善于发现美的眼睛，而且文笔极佳，能让所见、所思、所想清晰地跃然纸上，或给读者以美的享受，或让读者对自己的生活生出新的反思。风格上则有的幽默，有的犀利，可以给读者们带来不同的阅读体验。

　　考虑到文学大家的个人写作习惯，以及过去与现在迥异的语言环境，为了保留作品的独特韵味，同时也为了让读者们感受大师们的文字中所蕴含的不同魅力，本次出版进行了精心的编校。编校过程中，根据权威版本进行校订，其中"的""地""得""底"，"他""她""它"，"做""作"等均保留原文用法；"好象""发见"等具有时代特色的词语，均予保留。